누구도 벼랑 끝에 서지 않도록

이문수 지음

누구도
벼랑 끝에
서지
않도록

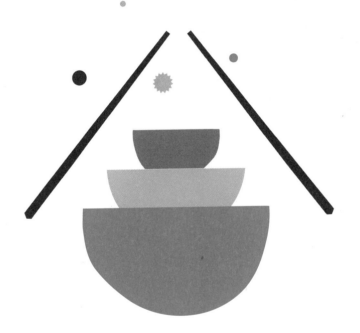

whale books

조금씩 조금씩,
하지만 멈추지 말고

¡Poco a poco pero sin pausa!

"조금씩 조금씩, 하지만 멈추지 말고!"

스페인에 가서 처음 언어를 배울 때 그곳의 사람들에게서 많이 듣던 말입니다. 말을 배우는 것이 쉽지 않고 어렵기는 하지만 계속 해나가면 결국 될 거라는 격려였습니다. 비단 말을 배우는 일에만 국한된 것은 아니겠죠. 느려도 좋다. 포기하지 말고 계속 가면 목적지에 도착할 테니까요.

'청년밥상 문간'이라는 식당을 준비하고 운영하면서 많은 청년을 만났고 또 만나고 있습니다. 그들을 만나면서 잊고 지내던 저의 청년 시절을 떠올리게 됩니다. 무한한 가능성을 가지고 있지만 불확실성에 대한 불안과 두려움 또한 안고 있는. 돌아보니 스무 살까지는 그냥 된 것만 같은 느낌. 초, 중, 고등학교는 절로 올라가는 에스컬레이터같이 그저 서 있기만 해도 저를 위로 올려다 준 것처럼 말입니다. 그러나 스무 살이 되니 그때부터는 성인이라는 이름으로 갑자기 많은 것을, 나의 생애라는 것을 책임져야 한다는 압박을 받았습니다. 미처 준비하지도 못했는데 인생 안으로 떠밀려 나온 것 같았습니다.

제가 좋아하는 소설 에밀 아자르의 《자기 앞의 생》에는 다음과 같은 부분이 나옵니다.

그녀는 벌로 나를 한 대 갈겨주기만 하면 되었다. 실제로 엄마들은 아이들에게 주의를 주기 위해 그렇게들 한다. 그러나 그녀는 일어서서 진열대로 가더니 달걀을 하나 더 집어서 내게 주었다. 그러고는 나에게 뽀뽀를 해주었다. 한순간 나는 희망 비슷한 것을 맛보았다. 그때의 기분을 묘사하는 건 불가능하니 굳이 설명하진 않겠다.

이 글을 쓰고 있는 지금은 2차 '청년희망로드'를 마친 지 일주일이 지난 때입니다. 19박 20일 여정을 마치는 동안 계절은

이별한 연인처럼 차가워지고 말았습니다. 청년들에게 희망을 맛보게 해주고 싶어서, 그들이 각자의 희망을 길어 올리기를 바라는 마음에서 시작한 것이 '청년희망로드'라는 프로그램입니다. 2년 전 장장 45일 동안 스페인의 산티아고까지 걸어가는 순례길 까미노를 1차 '청년희망로드'를 시작으로 작년을 건너 올해는 제주도 올레길을 완주했습니다.

첫날부터 왼쪽 아킬레스건에 염증이 생겨 저는 온전히 걷지 못했지만 함께했던 청년들은 가파도, 우도, 추자도까지 모든 길을 완주했습니다. 매일 30여 킬로미터를 걷는 일은 혈기 왕성한 청년들도 쉽지 않은 여정이었습니다. 파스를 바르고 진통제를 먹으며 관절을 보호하는 밴드를 붙여가며 걷다 보니 제주도를 한 바퀴 모두 돌 수 있었습니다. 육체적 고통에 일그러지던 청년들의 얼굴은 하루하루 지날수록 환하게 빛났습니다. 그들은 어려움 중에도 웃고 떠들고 다양한 인생 사진을 만들며 나아갔습니다. 눈에 들어오지 않던 제주도의 아름다움에도 점차 스며들고 날마다 쌓여가는 육체 고통과 반대로 청년들의 마음과 정신은 행복해지는 것이었습니다.

올레길 마지막 일정으로 추자도에 갔다가 돌아오는 배에서 제주도를 바라보았습니다. 한라산을 중심으로 아름다운 오름이 완만하게 바다 위에 펼쳐져 있었습니다. 쾌속선이 점차 제주도에 가까워지자 해변 가까이 편안히 늘어선 각종 건물이 모습을 드러내었습니다. 왼쪽 끝에서 오른쪽 끝까지 시야를 가득 채운 저 해안을 걷고 또 걸어 한 바퀴 다 돌았다고 생각하니 눈시울이 뜨거워지면서 가슴 한쪽이 뭉클해졌습니다. 그래 너희들이 해낸 거야! 최초로 제주도 해안 길을 완주한 것은 아니지만 청년들이 포기하지 않고 물집과 너덜너덜해진 발을 전리품처럼 얻으며 그들 각자가 다짐했던 것을 얻었을 것입니다. 저는 그것을 저마다 무엇이라 부르든 간에 '희망 비슷한 어떤 것'이라고 정의하렵니다. 저마다의 생이 살아볼 만한 무엇이라고 느끼게끔 해주는 희망 비슷한 어떤 것.

이번에 올레길을 함께 걸었던, 유일하게 30대이던 한 청년이 제주도에서 찍은 사진들과 함께 이메일로 감사의 글을 보내주었습니다. 스스로 최고령 참가자라 칭하는 그는 일상으로 돌아갔지만 이전과 달라진 점을 이야기하며 행복한 시간을 보내고 있다며, 다만 자신만을 들여다보느라 같이 간 다른 사람들과 좀 더 함께하지 못해서 아쉽다고 하더군요. 세상과 사람들에게 너무 많은 상처를 받아서 누군가에게 다가갈 용기가 나지 않았다고 고백했습니다. 그의 글을 읽으며 저는 가슴이 아팠고 또 부끄러웠습니다. 사실 일정 동안 가능한 한 혼자 있으려는 그를 저는 내심 못마땅해했기 때문입니다. 혹시 이 글을 읽고 그가 상처를 받는 건 아닌지 걱정이 됩니다. 하지만 저는 제 부족함을 고백하려는 것이니 그가 상처받지 않고 이해해 주기를 소망합니다.

저는 여럿이 함께하는 걸 좋아하는 성향이라 단체 안에서 함께하지 않고 혼자 행동하는 사람을 이해하지 못할 때가 많습니다. 그가 지닌 상처와 두려움 때문이라고 생각하지 못하고 너무 개인적이라고 생각했기 때문에 마음이 불편했던 것이죠. 그런데 뒤늦게 그의 고백을 들으니 그를 더 이해하기보다는 제 불편함에 매몰되어 있던 제가 몹시 부끄러웠습니다. 이제야 그가 혼자 밥을 먹던 모습이며 걸을 때나 혼자 쉴 때 어떤 마음이었을까 상상해 봅니다. 자신의 상처를 극복하고 사람들에게 다가가도록 앞으로 더 용기를 내보겠다는 그의 다짐에 진심으로 위로와 격려의 박수를 보냅니다. 그리고 행복하기를 바랍니다.

그러고 보면 청년들의 고민과 성장통을 보는 일은 청년 시절의 저에게 말을 건네는 듯한 시간임을 깨닫습니다. 저는 완전하지도 않고 강하지도 않은 평범한 사람입니다. 다만 얼마간의 시간을 좀 더 겪었기에 이제는 조금 더 마음의 여유를 갖게 되었을 뿐입니다. 이런저런 시행착오를 통해서 말이죠.

비바람과 눈보라 속에도 푸르름을 잃지 않는 상록수처럼 청년들의 어깨 위로 불안과 서투름이 휘몰아쳐도 그들의 푸르름을 앗아갈 수 없도록 제 어깨를 내어주고 싶습니다. 거대한 바다도 새 세상을 향해 떠나는 모험가들을 가로막을 수 없었던 것처럼 청년들이 두려움을 극복하고 각자의 모험을 떠날 수 있도록 바람이 되어 그들의 배가 바다를 가로질러 나아가도록 격려하고 싶습니다.

¡Poco a poco pero sin pausa!
조금씩 조금씩, 하지만 멈추지 말고!

참으로 젊은 시절에는 갖기 어려운 마음가짐입니다. 빠르지 않아도 좋아요. 그러나 우리 포기하지 말고 한 걸음씩 걸어요. 성공을 향해서가 아니라 행복을 향해서. 거기에서 우리는 다 같이 만날 테니까.

차례

1부
외로운 사람들이 모이는 곳

2부
삶 뒤에는 늘 사람이 있다

1부

외로운 사람들이
모이는 곳

사람들은 돈을 써야만
관심을 준다

청년밥상 '문간'은 정릉시장의 2층짜리 낮은 건물 위층에 자리하고 있습니다. 가파른 계단을 올라오면 식당과 북 카페가 보이고, 한 층을 더 가면 식사 후 무료 나눔하는 후식 혹은 커피 한 잔을 곁들여 쉴 옥상이 있죠. 서울 시내에서는 보기 드물게 어떤 건물에도 시야가 가려지지 않는 특별한 옥상이기도 합니다. 물 흐르는 정릉천과 부드럽게 낡은 예스러운 건물의 지붕들을 응시하고 있자면 바쁘고 혼탁한 도시를 닮아 어지럽던 마음이 조금은 가라앉는 느낌이 듭니다. 저는 이 공간을 너무나 사랑해서, 문간에 온 적이 없는 사람을 만나면 깨알같이 자랑하곤 하죠. 청년들이 숨을 크게 들이마시고 후우 내쉬는데 꼭 필요한 공간이라는 생각에서입니다.

지금에 이르러서야 청년밥상 문간이 순탄하게 잘 굴러가고 과분한 사랑을 받으며 장사도 잘되는 것 같아 보이지만, 사실 식당이 그토록 좋은 공간에서 영업을 하기까지는 너무나 많은 우여곡절이 있었습니다. 장소를 임대하고도 식당을 열기까지 5개월이나 걸린 통에, 시장 상인들이 식당을 안 하려나 보네 하며 서로 이야기하기까지 했으니까요.

지금 생각해도 제가 무슨 정신으로 이 일을 해냈는지 까마득합니다.

○

2016년 4월에 수도회에서 청년들을 위한 식당 사업을 벌이기로 한 후 제게 책임자의 자리를 주었습니다. 덜컥 맡긴 했는데 고민하면 할수록 예상치 못한 문제들이 툭툭 튀어나왔죠. 위치, 인력, 자본, 그리고 저의 성실성과 책임감에 대한 스스로의 의문까지…. 이러한 경험이 없는 저는 고민하기 벅차, 비슷한 활동을 하고 있는 수녀님과 신자들에게 고견을 구해야만 했습니다.

식당은 무료 급식소와는 전혀 다른 방식으로 운영되어야 합니다. 무료 급식소에서는 보통 봉사자들이 일을 맡고 그날그날 들어오는 식재료를 이용해 요리를 하죠. 아침이면 아침, 점심이면 점심 하는 식으로 두어 시간 동안 끼니를 제공한 후 하루의 일과를 마무리합니다. 그러나 저희는 무료 급식소가 아니라 청년들이 하루 중 언제든 와서 편안한 마음으로 배를 채울 수 있는 '진짜 식당'을 만들고 싶었습니다. 그러니 식당 위치와 공간 모양새가 너무나 중요할 수밖에 없었습니다. 게다가 저와 주방장님은 매일 아침 일찍 출근해 저녁 늦게까지 하루 열 시간이 넘게 노동해야만 하니 더더욱 신경이 쓰였죠. 아무 곳에나 식당을 만들 수는 없었습니다. 느긋하고 미루는 성격 덕분에 고민의 시간이 더 깊어지기도 했습니다.

고민만 하다가 시간이 흘러 1년여 만에, 처음 아이디어를 주었던 수녀원에 방문하게 되었습니다. 어쨌든 저희 수도원에서 청년을 위한 식당을 만들어보기로 결정했다는 소식에 수녀님은 자기 일처럼 기뻐했지요. 하지만 저는 1년이 지나도록 구체화한 것 없이 고민만 하고 있다는 말을 전했습니다. 당시 제일 큰 고민은 어떤 장소에 식당을 만들어내야 한다는 것 자체였습니다. 수녀님이 말했습니다.

"신부님, 한 군데에서만 장사를 해야겠단 생각을 하지 마시고 요새 청년들 사이에서 유행하는 푸드 트럭을 염두에 두시면 어떨까요? 매일 출근해야 한다는 부담감도 덜할 거고 위치도 자유롭게 옮겨 가면서 하실 수 있잖아요. 자본금도 덜 들지 않을까요?"

옳다구나! 저는 무릎을 치곤 벌떡 일어났습니다. 어딘가에 칭칭 묶여 있던 사고가 급작스레 자유를 찾은 느낌이었죠. 그러고는 기쁨에 휩싸여 푸드 트럭 운영에 대해 알아보았습니다.

물론 세상은 절대로 호락호락하지 않았습니다. 푸드 트럭을 시작하는 자본금이 최소 5천만 원가량으로 작은 식당과 맞먹거나 오히려 웃돈단 현실, 정차한 후 장사할 수 있게 허가되는 공간이 매우 한정적이라는 현실…. 두 현실이 그저 '트럭 하나 사서 가스레인지 얹고 음식 하면 되지 않을까?'라고 생각했던 안이한 저의 양쪽 뺨을 번갈아 때리는 것만 같았습니다.

수녀님은 혼자 걱정하는 제게 도움을 줄 만한 사람을 소개해 주었습니다. 다양한 프로젝트를 기획하고 실행한 경험이 있는 상담사 선생님으로 제게 큰 힘이 되었습니다. 조언에 따라 청년들을 위한 식당이니 청년들의 의견이 반영되도록 '포커스 그룹'이라는 사전 모임을 갖게 되었습니다. 청년들을 위한 식당과 관련이 있다고 생각한 사람들을 초대해 다양한 의견을 경청했습니다.

서울의 모 고시원에서 지병과 굶주림으로 세상을 떠나고

만 청년의 안타까운 사연이 계기가 되었기 때문에, 고시원들이 몰려 있어 고시촌이라 불리던 노량진에 식당을 만들 생각을 했습니다. 그러나 포커스 그룹에 참석한 사람 중 노량진에서 3년간 공무원 시험 준비를 했다는 형제님이 대번에 말했습니다. "신부님, 노량진 고시촌에는 저렴한 식당이 이미 많은걸요! 다른 곳을 찾아보시는 게 좋을 것 같아요." 저는 소위 멘붕에 빠지고 말았습니다.

입지 선정에서부터 가로막혔으니 아주 높은 벽을 마주한 듯 막막했습니다. 처음부터 이렇게 난관이 많아서야 어떻게 하나. 나는 정말 이 일을 해낼 수 있을까. 불가능한 일을 해보겠다고 시작한 건 아닐까.

'청년들을 위한답시고 아무 데나 아무렇게나 식당을 만든 후 홍보하는 게 아니라, 청년들의 의견을 먼저 반영하고 궁극적으로는 청년들이 운영 주체가 될 수 있는 식당을 만들어야 한다'는 생각에 본격적으로 공부를 해보기로 했습니다. '원점으로 돌아가 청년에게 무엇이 필요한지 백지상태에서 다시 공부하자.' 처음 책임자가 될 때까지만 해도 '공부'까지 해야 하는 줄은 상상도 하지 못했는데 말이죠. 슬프게도 평생 공부를 놓을 수 없는 팔자인 모양입니다.

그러나 공부를 했다고 바로바로 성과가 나타나지 않는다는 건 경험상 제가 누구보다도 잘 압니다. 봄날까지 지나가고 여름이 성큼 눈앞에 다가왔는데 공부만 할 뿐 식당 위치조차 제대로 잡지 못하니 마음은 점점 무겁고 어두워졌죠. 숙제를 해야 한다는 걸 빤히 알면서도 연필조차 들지 않은 채 시계만 노려보는 학생이 된 것 같은 기분이었습니다.

번득이는 순간은 여름으로 접어드는, 햇볕이 코끝을 어루만지기 시작할 때 비로소 찾아왔습니다.

○

정릉시장에는 가톨릭 대안학교인 자오나학교 학생의 자립을 돕기 위한 카페 '엘브로떼'가 있었습니다. 2017년 5월 17일에 영업을 시작했으니 청년밥상 문간보다 일곱 달 정도 먼저 태어난 셈이죠. 저도 개업식에 가 축하해 주었습니다.

카페를 준비하고 개업해 장사를 한다는 것이 얼마나 고된 일인지 너무도 잘 알고 있었던 수녀님들은 제가 청년들을 위한 식당을 준비한다는 사실을 알게 된 날부터 열렬히 응원해 주었습니다. 그리고 개업하고 딱 12일 후인 5월 29일(너무나 중요하고 소중한 날이기에 날짜를 기억하고 있습니다) 오후. 카페 책임자인 강 안나 수녀님이 준비는 잘되어 가는지 함께 이야기를 나누자며 초대해 주었죠.

그날 점심 식사 후에 엘브로떼에 들러 커피 한 잔을 시켜 놓고 선배 신부님, 강 안나 수녀님 그리고 저까지 카페 창가에 나란히 앉았습니다. "날씨가 이렇게 좋을 수가 없네요." 누구라고 할 것 없이 모두 그런 감탄을 연거푸 뱉을 정도로 하늘이 맑고 화창한 날이었죠. 날씨만으로도 기분이 행복해지는 날, 창밖을 바라만 봐도 청량한 바람으로 몸을 채울 수 있을 것 같은 그런 날이 있지 않나요? 1년에 몇 번 없는 바로 그런 날씨였습니다.

아마 그랬기 때문에 맞은편 어둑한 건물이 눈에 더 잘 띄었을지도 모르겠습니다.

"저기는 뭔데 불이 꺼져 있는 것 같지?"

맞은편 건물의 2층을 가리키며 선배 신부님이 물었습니다. 딱히 대답을 구하는 건 아닌 것 같아, "그러게요" 대답하곤 다시 이런저런 이야기를 나누었습니다. 그러나 몇 분 지나지 않아 다시 선배 신부님이 말하는 겁니다.

"영 이상해. 저기가 자꾸 눈에 띄어…."

그렇게 거듭 언급하니 저희도 호기심이 발동했습니다. 수녀님이 마침 1층의 부동산 사장님과 안면이 있었죠. 곧바로 부동산에 들어가 맞은편 건물의 2층에 대해 물었습니다. 원래 아무리 나이가 들어도 궁금증은 그때그때 해결해야 탈이 없는 법이니까요.

"아, 수녀님. 그 2층 원래 시장 상인회랑 신시장사업단이 사무실로 썼는데, 이틀 전에 나갔어요. 지금은 비었죠."

운명을 믿는다면 조금 우습지만 어쩌면 저는 그때 이미 무언가를 깨달았는지도 모릅니다. 부동산 사장님은 저희 요청대로 곧바로 건물주와 통화해서 2층을 둘러봐도 좋다는 허락을 받아냈습니다.

셔터를 올리자 굉장히 가파르고 좁은 계단이 나타났습니다. 그 계단을 올라 2층에 발을 디뎠죠. 널따란 책상, 의자 몇 개와 한쪽 구석에 있는 작은 싱크대, 낡은 에어컨과 화목 난로. 누가 봐도 그저 평범한 사무실 같았습니다.

저의 마음을 뺏은 것은 창이었습니다. 주변에 높은 건물이 없기에 널찍한 통창으로 환한 햇살이 그대로 들어오고 있었죠. 반듯하면서도 전혀 답답하지 않은 느낌이었습니다. 이런 건물을 서울에서 볼 수 있을까? 햇살이 2층을 채우는 모습이 퍽 마음에 들었습니다. 그때 부동산 사장님이 회심의 일격을 날렸죠.

"옥상도 그냥 쓰실 수 있는데 한번 올라가 보시겠어요?"

몽골 텐트, 손수 만든 화덕, 빨간 대야에 심어진 작은 나무

우리는 때로 갑작스러운 일을 떠맡게 되기도 한다.
할 수 있는 건 어떻게 할지 결정하는 것뿐이다.

들. 바람이 그 사이로 살살 불어왔고 셋의 입에서 한꺼번에 똑같은 말이 흘러나오더군요. "와, 여기 너무 좋다…." 2층밖에 되지 않는 낮은 건물 옥상인데 정릉천과 북한산이 이토록 선명히 보이다니, 믿을 수 없는 풍경이었습니다.

이 옥상을 청년들에게 선사할 수 있을 거라 생각하니…. 반드시 이곳에 식당을 열어야만 했습니다.

○

"보증금 2천에 월세 150만 원? 그렇게나 비싸다고요? 그 목돈에 그 월세를 내가면서 꼭 거기에 식당을 내야겠어요? 더 싼 데도 있을 텐데!"

"그냥 수도원 식당에서 음식을 만들어 도시락 배달을 하면 안 될까?"

"굳이 그렇게 큰 공간에서 식당을 할 필요가 있을까요? 아주 작게 동네 분식집처럼 열어도 될 텐데!"

"수도회에서 그만한 돈을 쓸 수가 없어요! 게다가 초기 공사 비용은요? 그건 어떻게 충당할 겁니까?"

저는 이미 그 옥상에 모든 마음을 주고 왔는데 눈앞에 놓인 건 첩첩산중이었습니다. 그때를 떠올리고 가끔 이런 농담을 하곤 하죠. "사람들의 진심을 알고 싶다면 돈 쓰는 이야기를 꺼내보세요!"라고 말입니다.

수도원은 '공동체'입니다. 내가 하고 싶은 일이 아니라 공동체가 결정한 일, 하느님의 뜻이라고 판단되는 일을 맡아 성심을 다해야 하죠. 그 때문에 누군가의 독단적인 고집을 경계하는 게 일반적입니다. 개인의 생각만을 고집해서는 안 된다고 많이들 생각하죠.

물론 거기서 일종의 딜레마가 생기기도 합니다. 예를 들면 마더 테레사의 경우가 그렇죠(감히 저를 마더 테레사에 비유하는 것이 아니니 오해가 없었으면 합니다). 그는 사랑의 선교 수녀회를 창설하기 전에 다른 수녀회에 소속되어 인도 콜카타에서 선생으로 일했습니다. 콜카타는 학교 담벼락 밑에서 매일같이 사람이 죽어나가는 도시였죠. 그는 죽어가는 사람들을 도와야 한다고 생각했으나 수녀회에서는 자신들의 사명, 즉 하느님이 주신 일의 범위를 '교육'으로 한정했습니다. 범위를 벗어나는 일은 사명이 아니라고 여긴 것입니다. 번뇌하던 마더 테레사는 결국 수녀회에서 퇴회하고 사람들을 직접 돌보기 시작하죠. 지금은 성인으로 추앙받지만 어찌 보면 결과론적인 평가인 겁니다. 만약 잘되지 않았다면 마더 테레사는 그저 사명을 따르지 않은 고집쟁이로 여겨졌을 수도 있습니다. 이 세상의 모든 수도회가 분명히 그런 딜레마를 안고 있습니다.

저도 마찬가지였습니다. '내가 이렇게 고집하는 게 맞을까? 그래도 그동안 내가 얼마나 많은 공부를 하고 고민을 거듭했는데, 그 상황을 성실히 공유했는데, 그렇게 얼마나 오랜 시간을 보냈는데… 이런 식의 반대를 한다면 내 수고를 너무나 몰라준 것이 아닌가. 게다가 그런 공간을 다시 찾을 수도 없을 텐데. 이때까진 별다른 얘기들이 없다가 갑자기 돈 얘기가 나오니까 이렇게 떠들썩해지다니…. 이 일이 진정 하느님의 일이라면, 돈 때문에 그 규모를 한없이 축소해 버리는 것은 오히려 하지 말아야 할 일이 아닌가?'

지금에야 이렇게 글로 그때의 감정을 갈무리해 표현하는 게 가능하지만, 당시의 사진을 보면 웃을 힘도 없어 실망하고 한편으로는 화가 잔뜩 난 저를 발견할 수 있죠. 손으로 조금만 건드려도 불같이 화를 낼 것만 같은 얼굴을 하고 있습니다. 하느님의 뜻은 무엇일까. 온종일 그 고민밖에 할 수 없었습니다.

○

이토록 힘들게 세운 식당이 매스컴에 보도되고 널리 알려지고 여기저기서 분에 넘치는 칭찬과 도움을 받게 되었죠. 그러니 이제 옛날 생각은 종이배 모양으로 접어 정릉천에 띄워 보내면 어떨까 합니다. 더 나아갈 방향이 사방팔방인데 우두커니 서서 곱씹어야 아무 의미가 없으니까요.

다만 이 글을 읽는 당신이 가끔 돌부리가 가득한 산을 마주할 때, '아, 김치찌개를 끓이는 그 신부님도 마음이 온통 썩어 들어가던 순간을 경험하셨지'라고 기억해 주면 좋겠다는 아주 작은 소원을 품어봅니다. 저 자신을 믿지 못하던 순간, 고통과 의심, 서운함과 슬픔의 냉온탕을 오가던 순간이 번번이 찾아 왔다는 사실을 말이에요. 어쩌면 저는 평생 한 그릇의 김치찌개도 테이블에 내놓을 수 없었을지 모릅니다.

그럴 뻔했습니다.

선한 마음은
어디에서 오는가

장사를 시작했을 때는 아침 9시 정도에 식당으로 출근해야 했습니다. 나름대로 일찍 서두른다고 하는데 언제나 선두는 주방장님에게 뺏기죠. '아, 오늘도 먼저 출근하셨구나.' 이미 훈기가 도는 아침의 냄새를 맡으며 가파른 계단을 거쳐 2층에 올라서고 문을 열며 인사를 합니다. 그러면 주방에서 재료 손질을 하던 주방장님이 받아주죠.

제 마음을 뺏었던 통창을 다 열어 어제 장사의 기억이 어슴푸레하게 고여 있는 공기를 몰아내고 새 바람을 매장에 채웁니다. 깨끗이 빤 대걸레로 바닥을 꼼꼼히 닦고 행주로 테이블도 훔쳐내죠. 그릇과 수저가 떨어지지 않도록 충분히 채워 넣는 것도 잊어서는 안 됩니다. 대략적인 준비가 끝나면 흔히 포스기라 부르는 식당용 정산 단말기의 전원을 켠 후 시재금의 액수를 확인합니다. 그러면 금세 한 시간이 훌쩍 지나 있죠.

직접 식당을 운영하기 전까지는 몇백 번 외식을 했어도 전혀 몰랐을 루틴입니다. 지금에야 장사에 익숙해져서 체력도 많이 늘었지만, 긴장되고 어설프던 초반에는 전날의 쓰레기를 아침에 오픈 준비하며 버려야 할 정도로 힘들었죠. 너무 피곤해서 쓰레기 버릴 힘조차 없었던 겁니다. 그때를 생각하면 우습기도 합니다. '어쨌거나 좌충우돌하며 늘었구나' 하는 생각도 들고요.

이렇게 오픈 준비를 끝내고 나면 매장을 휘 둘러보며 오늘 테이블에 앉을 손님들은 어떤 사람들일까, 상상해 그려보고 싶다는 마음을 가지곤 합니다(실은 오픈까지 시간이 너무나 빠듯해서 그림은커녕 공상할 여유조차 별로 없기는 하지만요).

그때 그 할머니가 슬슬 오실 때가 됐는데. 국민대 학생들은 방학을 잘 보내고 있을까? 그나저나 오늘은 날씨가 이래서 사람이 많이 오려나 모르겠네….

○

한동안 텅 빈 돼지 저금통이 식당 창가에 올라와 있던 적이 있습니다. 돈 넣는 홈에 문구용 가위를 넣어 등을 절반으로 가른 모습이었지요.

2018년 1월, 수은주가 영하 10도보다 더 아래로 곤두박질할 정도로 추웠던 날의 일입니다. 아직 오픈한 지 두 달도 채 되지 않은 데다가 혹한이 며칠간 지속되어 매장도 저의 마음도 퍽이나 썰렁하던 차에, 알고 지내던 형제님이 초등학교 3학년짜리 아들과 함께 그 매서운 날씨를 뚫고 식당을 찾아주었습니다. 신자님도, 아빠를 똑 닮은 이목구비의 아이도 코끝과 볼이 온통 빨갰죠. 얼른 팔팔 끓는 찌개를 대접해 몸을 녹여줘야 한다는 생각에 몸이 급해졌습니다.

그런데 그때 아이가 저를 수줍게 불렀습니다. 그러고는 무어라 말해야 할지 몰라 머뭇대더군요. 그러자 아버님이 옆에서 말했죠.

"저희 예담이가 1년 넘게 모은 저금통이 있는데 식당에 기부를 하고 싶다고 해서요. 들고 왔는데 받아주시겠어요?"

황금색 돼지 저금통이었습니다. 엉겁결에 받아 들었는데 세상에, 예상보다 훨씬 묵직한 겁니다(나중에 세어보니 10만 원이 훨씬 넘는 금액이었습니다. 동전과 지폐가 고루 섞여 있었지요).

"제가 식당에 대해 설명했더니 예담이가 이거 가서 신부님

남을 생각하는 마음이 큰 파도가 되어 삶을 감동시킨다.

께 드리자고 말을 하더라고요. 그래서 찾아왔습니다. 별로 큰
금액은 아닌데….”

큰 금액이 아니긴요. 열 살짜리에게 10만 원이 넘는 금액이
얼마나 큰돈일까요. 마냥 어려 보이기만 하던 ‘최연소 기부자’
의 앞에서 저는 어떻게 감사를 표현해야 할지 몰라 그저 어른
스럽지 못하게 우왕좌왕할 뿐이었습니다. 심지어는 바보처럼
밥값까지 받고 말았습니다. 그냥 대접하려고 했는데 말입니다.

제가 열 살이었다면 ‘어려운 남을 위해 돈을 기부하겠다’는
생각을 할 수 있었을까요? 전혀 아닙니다. 그 나이대의 저는
그저 모자란 용돈에 허덕이며 자신을 위해 쓰기에 급급했죠.
예담이 역시도 마음이 크게 다르지 않았을 겁니다. 그럼에도
불구하고 동전 몇 개, 지폐 몇 장을 아껴 누군가를 위한 돼지
저금통에 차곡차곡 모아놓은 정성과 선량함이 저를 번쩍 정신
차리게 했습니다.

어느 유명 TV 프로그램에 출연한 후에도 예담이와 같은 또
래의 아이들이 응원의 편지와 소액의 후원금을 참 많이 보내
주었습니다. 너무나 놀라운 일이었죠. 아이들의 이토록 선한
마음은 어디에서 오는 걸까요? 저는 그런 심리에 대해 제대로
공부해 본 적이 없어서 통 모르겠습니다. 분명 어린아이는 욕
심을 부릴 수밖에 없다고 생각했는데. 갖고 싶은 거 사달라고

떼쓰고 아직 남을 생각하는 데 서툴 것이라는 선입견을 가지고 있었는데. 물론 그 욕심이나 이기심이 악한 마음이 아니라 '어린 마음'에서 오는 것이니, 자신에게 필요한 걸 '아이스러운' 방식으로 표현하는 것뿐이니, 오랜 기간 어른들이 사랑으로 인내하고 보살피며 믿고 가꿔줘야 한다고 멋대로 여겨왔는데 말입니다.

그런데 아이들의 선한 마음은 이미 너무 오래 전에 순수함을 잃어버린 저의 예상보다 훨씬 더 빠른 속도로 밀려들어, 익숙지 않던 장사를 하느라 강퍅해진 마음을 따뜻한 물처럼 감싸주었네요. 가장 어른스러운 손님들이죠.

○

예담이가 황금색 돼지 저금통을 들고 나타난 최연소 기부자였다면, 예상치도 못한 황금색 종, 이른바 골든벨을 처음 울려준 '최초의 큰손'도 있습니다. 마찬가지로 막 식당을 시작했던 그 추운 겨울의 일이었죠.

처음에는 다른 손님과 다를 바가 없었습니다. 50대 정도 되어 보이는 한 여성이 이르게 어둑해진 저녁에 식당에 들어와서 김치찌개에 밥 한 그릇을 비웠죠. 그러고는 계산을 하겠다며 카운터 앞에 섰습니다. 김치찌개가 삼천 원이니 아마 사리까지 추가했으면 사오천 원 정도가 나왔을 것입니다. 금액을 말하고 카드나 현금을 받을 준비를 하고 있는데 갑자기 손님이 작은 목소리로 속삭이듯 말했습니다.

"지금 여기 계신 손님들 것까지 다 한 번에 계산해 주세요, 신부님."

그날 저녁에는 대학생으로 보이는 청년이 유독 매장에 많았습니다. 낡은 패딩이 바스락대는 소리, 친구끼리 두런두런 이야기를 나누는 소리, 라면 사리를 후루룩 빨아들이는 소리, 수저와 밥그릇이 부딪히는 소리…. 손님의 작은 목소리는 그 소리들에 묻혀, 저를 제외한 어느 누구의 귀에도 가 닿지 않았을 겁니다. 손님은 그렇게 아무에게도 티를 내지 않고 모두의 밥값을 계산한 후 종종걸음으로 다시 추운 밖을 향해 나갔습니다. 저는 그저 연신 허리를 꾸벅 숙여 인사할 수밖에 없었죠.

각자 계산할 때가 되어서야 청년들은 비로소 누군가 밥값을 대신 내주고 갔다는 이야기를 듣게 되었습니다. 모두 하나같이 깜짝 놀라며 매장을 두리번거리고는 제게 다시 물었죠. "신부님, 어떤 분께서 그런 일을…." 그러면 저는 난처하게 웃으며 이미 한참 전에 식사를 끝내고 나갔다고 대답을 할 수밖에 없었습니다. 청년들은 다시 말했죠. "어떻게 모르는 사람의 밥값을 대신 내주실 수가 있을까요…." 영화나 드라마에서나 볼 수 있던 일이 자신에게 벌어지다니 너무나 놀랍다고들 했습니다. 그러고는 덧붙였죠.

"저도 기회가 되면 다른 사람을 꼭 도울게요. 잘 먹었습니다."

그 손님이 가장 듣고 싶어 했을 말이 아닐까요. 아마 청년이 타인을 돕겠다고 말하는 장면을 보고 싶었을 것입니다.

○

청년들이 얼마나 힘들지는 제가 잘 압니다. 이런 말을 하면 꼰대 같아 보일지 모르지만 저 역시도 여유 있는 집안에서 자라지 못했기 때문에 더욱 이해가 갑니다. 특히 재수, 삼수를 하던 시절이 힘겨웠죠. 24시간 운영하는 독서실에서 공부하고, 그 독서실 바닥에서 변변찮은 침구 없이 새우잠을 잤습니다. 한 달간 단 한 끼도 빠짐없이 라면만 먹은 적도 있습니다. 원래 라면을 굉장히 좋아하는데, 한 달을 먹고 나니 포장지만 봐도 토할 것 같았죠. 그래서 그다음에는 슈퍼에서 파는 호떡 한 봉지를 샀습니다. 쫙 펼친 손만 한 크기의 둥그런 호떡 열 개가 들어 있었는데, 한 끼당 두세 개씩 꺼내 뜯어 먹으며 끼니를 때 웠죠. 입시도 취직도 더 힘들어진 지금의 청년들은 그때의 저보다 두세 배는 더 고단한 하루하루를 버틸 터입니다.

그래서 더욱 첫 골든벨을 울려준 한 어른의 '내리사랑'이 얼마나 효과적이었을지 확신하는 것이죠. 비뚤어진 누군가는 '삼천 원짜리 김치찌개 가지고 골든벨을 울려봤자 몇만 원도 안 될 텐데 그게 뭐 대단한 일이라고'라며 우습게 생각할지도 모릅니다. 그러나 한 끼 한 끼 지출을 고민해 본 사람은 그렇게 생각할 수 없을 겁니다. 전혀 모르는 나의 한 끼를 아무 대가 없이 책임져 주는 타인이 이 세상에 존재한다는 사실을 확인하는 단 한 번의 경험이 얼마나 자신을 바꿀 수 있을지, 그렇게 대수롭지 않게 생각하는 사람들은 짐작조차 할 수 없을 겁니다.

제 또래의 기성세대들이 '청년들이 나약하고 개인주의적이다'라고 손가락질하는 경우를 종종 봅니다. 그러나 청년밥상 문간의 카운터를 맡아 일하는 저는 전혀 그렇게 생각하지 않습니다. 청년들은 기회와 여건만 된다면 최선을 다해 타인을 도우려는 마음을 드러내죠. "전 직장도 다니고 그래서 조금 더 내도 될 것 같아요"라고 말하며 더 많은 금액을 식사비로 내고 가는 청년이 얼마나 많은지요.

그런 마음들이 모여서 우리 식당이 유지되는 게 아닐까요. 돈보다는 마음들이 모여서.

나는 노숙인이
아닙니다

이런저런 매스컴에 소개되고 청년밥상 문간의 존재와 저의 얼굴이 알려지면서, 많은 청년이 저를 만나보고 싶다며 식당에 찾아오곤 합니다. 주로 다른 사람에게는 말하지 못할, 혹은 평범한 사람들이 잘 이해해 주지 못할 고민을 가진 청년이 많지요. 제가 신부이기 때문에 천주교를 믿는 청년들만 찾아올 거라고 생각하는 사람도 많지만, 인생의 고민은 종교를 가리지 않고 어느 순간 밀려드는 법이기 때문인지, 무교이거나 심지어 다른 종교를 믿는 청년도 많이 식당의 문턱을 들락거리지요. 개신교, 불교, 심지어 러시아 정교를 믿는 청년과도 만나 이야기를 나눈 적이 있습니다. 한국인이면서 러시아 정교를 믿던, 세례명이 '루카'인 그 청년은 아직까지도 자주 연락하며 근황을 말해주곤 하지요. 고마운 일입니다.

그러나 미안하고 안타깝게도, 제 얼굴을 보러 오고 대화를 나누며 연을 맺은 모든 청년이 고민을 해결하고 뜻한 바를 이루어 나름대로 행복한 삶을 누리게 되는 것은 아닙니다. 삐걱대고 어긋나다가 결국 안개처럼 주변에서 사라진 청년 몇 명을 기억해 낼 때마다 저는 그 뿌연 안개가 머릿속에까지 꽉 들어찬 느낌을 받곤 합니다. 가슴이 아픈 것이죠. 청년들에게 큰 도움이 되지 못했다는 사실이, 그리고 어쩌면 제 부족함이 그 청년들에게는 더욱 큰 좌절의 계기가 될지도 몰랐다는 사실이 말입니다.

'보통 사람'이라는 단어가 우습긴 하지만, 어쨌든 보통 사람처럼 한 몸 누울 집이 있고 출퇴근할 직장이 있거나 자신의 가치를 증명해 낼 일거리가 있는 사람들은 좁은 골목 모퉁이에, 도시의 구석에, 눅눅한 지하에 청년 노숙자가 얼마나 많은지 잘 모릅니다. 저도 마찬가지로 예외가 아니었죠. 지금 말씀드릴 청년을 만나기 전까지 청년 노숙자는 그저 책으로 배운 지식처럼 존재는 하지만 피부에는 크게 와닿지 않는 개념이었습니다.

2018년 5월의 일이었습니다. 남루한 옷차림에 얼굴빛이 어두운 청년 하나가 식당 안으로 들어왔죠. 제가 나온 기사를 보고 이야기를 하고 싶어 찾아왔다고 하더군요. 한창 바쁜 점심시간이었고 서빙을 하느라 정신이 없었는데, 그 청년은 브레이크 타임 때까지 저를 기다려주었습니다.

드디어 브레이크 타임이 되어 그 청년과 마주 앉았습니다.

"어디서 오셨어요?"

제 물음에 청년이 대답했습니다.

"성남에서 왔습니다, 신부님."

성남에서 저희 식당이 있는 정릉까지는 거리가 꽤 멉니다. 놀란 표정을 짓자 청년은 사실 성남은 잠시 머무는 곳일 뿐이고 원래 고향은 경남 밀양이라고 추가로 설명하더군요.

"사실은요, 신부님. 저에게 꿈이 있는데, 그 꿈을 포기해야 할지 계속 해나갈 수 있을지 조언을 구하러 왔습니다."

"꿈이 무엇인데요?"

"…저는 불가에 귀의해 스님이 되는 게 꿈입니다."

퍽 놀라운 이야기였습니다. 스님이 되고 싶다는 청년이 천주교 신부인 저를 찾아온 것이 신기했기 때문이죠.

"제가 출가를 위해 9개월 전에 서울로 왔습니다. 조계종에서 정식으로 출가를 하고 싶어서 방법을 찾아보고 스님도 만나 뵈었습니다. 그런데 제가 출가를 할 수 없다고 하더라고요.

너무 상심했는데 고향에 계신 어머니에게 이런 꼴로 내려갈 수도 없어서… 그래서 어찌할 바를 모르고 있습니다."

"출가가 불가능한 이유가 있나요?"

"제가 빚이 있어서 출가가 안 된다고 합니다."

저는 이해했습니다. 이는 천주교에서도 마찬가지입니다. 신부나 수사, 수녀가 되려는 젊은이들은 채무를 해결하기 전에는 수도원과 신학교에 들어갈 수 없습니다. 배움에 온몸을 바쳐야 하는데 바깥세상에 그런 식으로 매여 있다 보면 집중할 수 없기 때문이죠. '빚이 정말 많은가 보다'라고 저는 짐작했습니다. 아직 어려 보이는데 꿈을 위해 해결해야만 하는 채무를 짊어진 청년의 마음은 얼마나 힘들까. 안쓰러워하며 물었습니다.

"빚이 어느 정도 있나요?"

"…삼백만 원입니다."

아. 그때의 아찔한 마음을 어떻게 설명해야 할까요. 내가 아직 모자랐구나. 아직도 청년들의 힘듦을 모두 헤아리지 못하는구나. 어떤 청년에게는 한 달 치 월급도 안 될 삼백만 원을 어떤 청년은 갚지 못해서 출가라는 평생의 꿈을 이루지 못하는 겁니다. 저는 잠시 말을 고르다가 다시 물었습니다.

"그러면 지금은 어떻게 지내는 건가요? 지내는 곳이 있는

1부 외로운 사람들이 모이는 곳

건가요?"

청년은 자존심 때문인지 '노숙'이란 단어를 사용하지 않았습니다. '24시간 패스트푸드점에서 잠을 잔다'고 표현했죠. 낮에는 밖을 돌아다니다가 밤에는 그런 곳에서 쪽잠을 자는 겁니다. 패스트푸드점에서 잠을 자는 사람이 자기만 있는 게 아니라고 하더군요. 아르바이트생들도 그걸 알아서, 별다른 문제를 일으키지 않는 한 쫓아내지 않고 눈감아 준다고 말했습니다.

그렇게 시간을 보내다 돈이 다 떨어지면 일용직, 흔히 말하는 '노가다' 현장에 가서 하루 이틀 일을 한답니다. 그렇게 돈을 벌면 패스트푸드점 대신 찜질방에 가선 며칠 동안 누워서 자는 호사를 누리죠. 몸도 씻고요. 그러다 돈이 떨어지면 다시 패스트푸드점의 테이블을 전전하는 겁니다.

"얼마나 오래 그 생활을 한 거예요?"

"아홉 달 정도 됐습니다."

그러니 건강이 좋을 리가 없었습니다. 검푸른 낯빛과 비스듬한 몸의 각도가 이해되는 순간이었죠. 그런 건강 상태로는 출가를 한다 해도 교육을 따라갈 체력이 되지 않았을 것입니다.

고민했습니다. 큰마음 먹으면 충분히 한 번에 변제해 줄 수 있는 빚이었습니다. 어쩌면 저 청년도 내게 그런 걸 바란 것은 아닐까? 매일 아침 식당을 열 때 "제게 도움이 필요한 청년들을 보내주세요, 주님"이라고 기도를 하는데, 어쩌면 그 기도에 주님이 응답하신 것은 아닐까? 지금 당장 짐을 덜어주고 꿈을 향해 날아가도록 도우면 어떨까?

그러나 그게 근본적인 해결책이 되어주지 못한다고 확신했습니다. 제가 업고 가는 것이 아니라 손을 잡고 일으켜 걸을 수 있게 하는 것이 진정한 도움이라고 생각했죠. 채무는 청년이 갚아나가야 하는 것이었습니다. 그래서 저는 대신 '누워서 잘 수 있는' 따뜻한 침대를 마련해 줘야겠다고 생각했습니다.

이곳저곳을 수소문했고 지인을 통해 어느 게스트하우스의 사장님과 연결이 되었습니다. 전화를 걸어 사정을 설명하자 한 달에 30만 원을 받고 생활할 수 있게 해주겠다는 답이 돌아왔죠. 원래 숙박비보다 매우 저렴한 금액이었습니다. 저는 청년에게 제안했습니다.

"잠은 게스트하우스에서 자고 우리 식당에서 아르바이트를 하면 어떻겠어요? 한 달에 백만 원을 아르바이트비로 줄게요. 끼니는 식당에서 먹고요. 방세 내고 남은 돈으로 빚을 갚도록 해요. 매달 50만 원씩 갚는다고 쳐도 반년이면 되니까. 그렇게 반년 지나고 나면 체력도 많이 돌아올 테니까 출가해서 버틸 수 있을 거예요. 첫 달 방세는 내가 내줄게요. 당장 돈이 없을 테니까."

"…."

"지금 바로 대답하기 힘들면 여기 동네 산책이라도 하면서 생각하고 와서 대답해요. 강요하는 건 아니니까. 찬찬히 돌면서 머리 식히고 와요."

"알겠습니다, 신부님."

청년은 두어 시간을 혼자 나갔다가 와서는 제안을 받아들였습니다. 그다음 날이 석가탄신일, 부처님 오신 날이었죠. 저는 청년이 이듬해 석가탄신일에는 꼭 머리를 깎고 법복을 입은 채 부처님을 마주하길 간절히 바랐습니다. 석가탄신일 다음 날, 청년은 출근을 시작했습니다.

세상 모든 이야기의 끝이 계획했던 해피엔딩이라면 얼마나 좋을까요.

일한 지 이틀 만에 청년은 주방장님과 큰 충돌을 일으켰습니다. 바쁜 점심시간에 서로 말이 날카로워진 모양이었습니다. 청년은 계속해서 속사포처럼 언성을 높였습니다. "신부님, 아니, 저는 정말 나름대로 일을 열심히 하고 있는데 주방장님이 자꾸 야단을 칩니다. 어제는 참았는데, 아니, 오늘은 도저히 참을 수가 없습니다. 저도 하고 있어요. 하고 있다고요!"

흥분을 가라앉히지 못했기에 일단 청년을 퇴근시켰습니다.

주방장님이 절대 일부러 그러할 사람이 아니란 것도 알고, 청년의 체력이 아직 좋지 않다는 것도 아니 함부로 어느 누구의 편을 들 수 없었기 때문이죠. 청년이 없는 식당에서 서빙하는 내내 머릿속이 엉킨 실처럼 복잡했습니다.

저는 그 청년이 식당에서 함께 일할 수 없다는 확신이 들었습니다. 이틀 만에 이렇게 계획이 깨지다니…. 잠시 아득해진 마음을 추스른 후 대안을 제시했습니다.

"그래도 일단 편하게 잘 수 있는 거처가 있으니까 그곳에서 계속 지내시는 게 맞는 것 같습니다. 일용직을 가끔 했다고 했는데, 그 일은 계속해 볼 수 있겠어요?"

"네."

"그럼 게스트하우스에 머물 수 있도록 제가 한 달 치 숙박비는 낼게요. 그리고 식사는 식당에 와서 언제든 무료로 하고 가세요. 채무를 변제하는 게 무조건 우선이니까요."

"알겠습니다, 신부님. 정말 감사합니다."

그 후로 벌어진 일들은 지난하고 또 슬픕니다. 청년은 하루 이틀 일을 나가다가 다시 그만두었고, 방세를 낼 수 없게 되자 다시 저를 찾아왔습니다. 다행히 게스트하우스 사장님도 청년의 딱한 사정을 잘 알았기에 그 게스트하우스에서 일할 수 있게 고용하고 방세를 낼 수 있는 방도를 찾아주었습니다. 그러나 청년은 그 사장님과도 이틀 만에 크게 다투었습니다. 그러더니 한밤중에 전화해서 이렇게 말하더군요.

"신부님, 사장님이 당장 나가라고 호통을 치길래 짐을 싸서 나왔습니다. 한 번만 더 도와주시면 안 될까요?"

그때 저는 지방에 출장을 간 상태였습니다. 당장 만나볼 수도 없고, 더욱이 어느 순간부턴가 이 청년을 도울 근본적인 방법은 무조건적인 도움이 아니라는 것을 확실히 느끼던 참이었죠. 청년이 자립하도록 도우려 했는데 청년은 자꾸만 스스로 여러 사람의 손을 뿌리치고는 땅바닥에 주저앉아 제 이름만 부르는 모양새였습니다.

저는 전화기에 대고 조용히 말했습니다.

"형제님, 그러면 어머님 계시는 고향에 내려가 다시 몸과 마음을 정비해 보는 것은 어떨까요?"

마음 아픈 침묵 끝에 청년은 마지막 대답을 했습니다.

"아, 제가 그동안 신부님을 너무 괴롭힌 것 같네요. 그동안 감사했습니다. 다시는 연락드리지 않겠습니다."

다시 몇 번을 전화했지만 저를 차단한 건지, 청년은 한 번도 전화를 받지 않았습니다.

"가장 기억나는 손님이 있으세요?"

매체 인터뷰를 하다 이런 질문을 받으면 그 청년이 가장 먼저 떠오릅니다. 득달같이 그 얼굴이 머릿속을 지나가죠. 마음이 뻐근해서, 다른 손님을 떠올리고 싶지요. 다른 손님 이야기를 하고 싶고요.

○

성북구에는 바하밥집이라는, 노숙인을 위한 무료 식당이 있습니다. 바하밥집을 설립한 김현일 대표님은 가족 외에도 청년 열다섯 명 정도와 함께 공동체를 이루어 살고 있죠. IMF 때 사업이 망하면서 잠깐 노숙 생활을 경험해야 했던 그는 보문동 일대를 도는 마을버스 기사로 취직하면서 더 많은 청년 노숙자를 목격했습니다. 지금은 재개발이 이루어졌으나 그 당시에는 서울 시내의 가장 대표적인 달동네였지요. 그곳을 버스로 돌다 보면 눈에 잘 띄지 않는 구석에서 노숙을 하는 청년들을 마주쳐야 했습니다. 내가 저들에게 무엇을 해줄 수 있을까. 처음에는 그저 컵라면이나 빵, 우유를 사주던 그는 어느 날 충동적으로 말합니다.

"이러지 말고 우리 집 가서 자자."

그 한 문장의 말로 시작된 그의 선행은 노숙인 공동체로, 무료 급식소 바하밥집으로, 그리고 청년 노숙인 예방 사업을 위한 '리커버리 센터'의 설립으로 규모를 키워갔습니다.

도시빈민을 구하는 힘은 공동체에서 나온다고 주장하는 김현일 대표님을 가끔 만납니다. 대표님이 가정이 깨져서, 정서적으로 힘들어서 거리로 나앉을 수밖에 없었던 청년들에 대한 이야기를 할 때마다, 그리고 공동체 안에서 점차 온전한 자신을 찾아가는 그들의 모습을 보여줄 때마다 저는 출가를 꿈꿨던 그 청년을 떠올릴 수밖에 없습니다.

그러면 마음이 무겁게 내려앉습니다. 아픈 손가락. 가장 궁금한 손님.

제가 어떻게 해야 했을까요? 어떤 방식을 썼어야 더 좋은 결과가 나왔을까요? 아직도 답을 알 수 없는 문제입니다.

이제 제가 할 수 있는 건 그저 오늘 밤 그 청년이 테이블에 웅크리는 게 아니라 따뜻하고 푹신한 어딘가에 등을 대고 자도록 기도하는 것뿐이겠지요.

실패와 실수를
반복하겠지만

인생에서 육체적으로 가장 힘들었고, 가장 즐거웠고, 또 가장 많은 생각을 했던 때를 꼽으라면 청년들과 함께 갔던 순례 길, 이른바 '까미노'를 절대 빼놓을 수 없습니다.

어떤 사람의 기부로 시작된 뜻깊은 일, 저희조차도 그저 청년들에게 무언가 잊을 수 없는 경험을 선사해 주자라는 마음으로 시작했던 일이 풍선 부풀어 오르듯 커진 순간이었죠. 허공에 둥실 떠가는 것처럼 행복을 주는 순간도 많았지만, 동시에 언제 터질지 몰라 마음을 졸이는 풍선이기도 했습니다. 그리고 안일했던 저에게 큰 경종을 울리기도 했죠. "네가 그러고도 청년의 마음을 아느냐"라는 물음을 스스로에게 내내 던져야만 했습니다.

'청년희망로드'의 이야기입니다.

2018년 5월, 어느 잡지에 청년밥상 문간에 대한 기사가 실렸습니다. 그 기사를 읽고 한 사단법인의 이사장님이 찾아왔죠. 부군이 기업을 운영하고 부인이 사단법인 이사장을 맡고 있다고 했습니다. 부군이 고학으로 힘들게 공부해 자수성가한 후 법인을 만들어 장학 사업을 벌이던 케이스였는데, 안타깝게도 사업이 힘들어지면서 더는 운영하기 어렵게 된 상황이었죠. 그러던 와중 문간에 대한 기사를 보고는 남은 기금을 청년들을 위해 쓰도록 문간에 기부하겠다고 결심한 것이었습니다. "신부님께 법인의 남아 있는 기금을 드리겠습니다. 청년들을 위해 좋은 곳에 사용해 주세요." 그런 말을 남기며 2억 원에 가까운 돈을 쾌척했습니다.

깊은 고민에 빠졌습니다. 소액의 기부금이라면 오히려 쓸 곳이 많겠지만 이토록 거액의 기부금이 들어오니, 청년들이 정말로 평소에 스스로 하기 힘든 일, 스스로 빚어내기 힘든 인생의 거대한 순간을 선물하고 싶은 생각이 들었기 때문이지요. 이 기금으로 찌개를 끓인다 해도 청년들을 위한 것일 테지만, 정말로 특별한 일을, 이처럼 기부해 준 사람이 없었다면 시도조차 하지 못했을 일을 벌여보고 싶었습니다.

그때 그런 생각이 퍼뜩 떠올랐습니다.

'성공의 경험.'

청년들을 돕고 싶다는 마음 하나로 식당을 시작했는데, 실제로 그들과 얼굴 맞대고 말을 섞으며 절실히 알게 된 점 하나가 있었습니다. 실패와 좌절 속에서도 포기하지 않고 손을 내밀어 주어야 곁에서 도우려는 사람이 그 손을 잡을 수 있다는 점이었습니다. 청년 스스로가 주저앉아 포기해 버리면 우리가 도우려 해도 도울 수 없다는 사실이었죠. 실패와 좌절을 겪더라도 다시 해보자고 용기를 낼 수 있는 힘은 어디에서 올까요. 모든 사람이 마찬가지겠지만 살면서 겪은 작은 성공의 경험들이 쌓이고 힘겨운 시간을 견디어 내면서 내적인 힘이 만들어지는 게 아닐까 하고 생각되었습니다.

청년들에게 경험을 선물하고 싶었습니다. 끝까지 포기하지 않는 경험을 선사하자. 스스로 포기하지 않는 힘을 키우도록 해주자. 조금은 고생스러운, 그러나 몹시 아름다울 경험을 선물하자….

그래서 저는 청년들을 이끌고 까미노 산티아고 순례길에 오르기로 결심한 것입니다. 이왕이면 가장 먼 길을 가장 오랜 시간 걸어야 하는 루트를 택했죠. 한국에서 출발한 후 길을 걷고 다시 귀국하는 데까지 꼬박 45일간의 여정. 프랑스 생장에서 스페인 산티아고까지 800킬로미터를 함께하는 계획이었습니다.

○

사실 사람들마다 지니고 있는 사연과 열망을 줄 세워 그 간절함에 점수를 매긴다는 행위는 정말 모순적이고 어찌 보면 기만적이라고까지 볼 수 있는 일이라고 저는 생각합니다. 만약 제게 돈이 물 흐르듯 나오는 화수분이나 푸른 요정이 튀어나와 소원을 들어주는 램프 같은 게 존재했다면 굳이 그런 일을 하지 않아도 되었겠지요. 함께 걷고픈 모두에게 오케이 사인을 줄 수 있을 테니까요. 그러나 기부받은 금액은 한정되어 있었고, 저희는 멀고 너른 시야로 보았을 때 지속 가능한 순례 프로그램을 만들고 싶었기에 첫 번째 회차를 알차게 꾸릴 필요성을 느꼈습니다. 그래서 저희와 함께 까미노로 순례길을 떠날 청년들을 모집했지요. 지원서를 받고 저희 나름대로(깜냥이 되는지 모르겠습니다만) 심사를 한 후 면접까지 보았습니다.

이때의 면접이 제게는 몹시 충격적이고, 아프고, 또 눈을 번쩍 뜨이게 하는 경험이었습니다. 사실 지원서가 생각만큼 많이 도착하진 않았던 것으로 기억합니다. 아무래도 일정이 조금 촉박하기도 했고, 45일이란 기간을 한꺼번에 투자하기가 한국 사회에서 쉬운 일은 아니니 말입니다. 그러나 그 몇 안 되는 청년들과 함께한 면접은….

무어라고 설명해야 할까요.

무슨 말로도 온전히 표현할 수가 없습니다. 정말로 요상한 비유를 쓰자면 이렇습니다. 청년들을 위한답시고 김치찌개집을 연 제 자신이 정말 아무것도 모르는 샌님이었다는 사실을 깨달았을 때와 비슷하다고 보면 될까요. 그저 막연히, 함께 가면 좋겠지, 꼬박꼬박 힘듦을 참고 걸어 마침내 목표에 도달했을 때의 성취감을 함께 나누면 좋겠지라고 채도 높은 색깔만 칠하고 있던 제 캔버스에 누군가 '진짜 색깔'이 가득 담긴 물통을 엎은 느낌이었습니다.

원서에서 요구하는 내용은 간단했습니다. 지원 동기와 자기소개 정도. 그러나 면접은 절대 간단하지 않았습니다. 거의 모든 청년이 자리에 앉자마자 눈물을 흘리며 울기 시작했지요. 첫 질문이 나오기도 전에 말입니다. 그러면서 말하더군요. "이런 걸 해주셔서 고맙습니다. 뽑아달라고 하는 말이 아니고요, 그냥, 이런 걸 해주시는 분이 있다는 것만으로도 위안이 됩니다."

면접에서 청년들이 편하고 진솔하게 대답할 수 있는 것들을 물어보려 애썼습니다. 어려운 것은 묻고 싶지 않았습니다. 저라는 사람에게 그럴 자격이 있지 않기도 하고요. 대신 지금껏 어떤 생활을 해왔는지, 그리고 요즘 어떤 마음으로 하루하루 살아가는지를 물었습니다. 그리고 느꼈습니다.

안 그런 척하지만, 정말로 평범해 보이는 청년들이지만 다들 누구에게도 털어놓을 수 없는 마음의 상처를 몰래 껴안고 살아가는구나. 아직 사회생활을 많이 하지 않은 우리 청년들에게조차 이렇게나 눈물 흘리도록 만드는 아픔이 존재하는구나.

식당을 하면서 받은 물음 중에서 참 당연해 보이지만 곰곰이 따져보면 참으로 이상한 질문이 있습니다. 특히 그런 질문을 하는 사람들은 식당에 와서 너무나 멀끔한 차림으로 행복한 웃음을 지으며 따뜻한 두부를 잘라 떠먹는 손님들을 보곤 혼란스러운 표정으로 물으시곤 하죠.

"왜 가난해 보이는 사람이 별로 없죠? 가난한 청년은 하루에 몇 명이나 와요?"

그들은 '가난한 청년'의 이마에 "저는 가난해요"라는 낙인이 찍혀 있을 거라고 생각하는지도 모르겠습니다. 혹은 저에게 제6의 감각이 있어서, 청년을 쓰윽 보면 그의 경제 사정이나 통장 잔고, 부모의 직업 같은 게 파악되리라고 여기는지도요.

청년희망로드 면접을 하면서, 우울감과 고통을 객관적인 수치로 평가해 매길 수 있다고 착각하는 것이 얼마나 잘못되었는지를 깨달았습니다. 세상 사람들은 제게 원할지도 모릅니다. '가난한 청년들을 뽑아요! 자기 돈 내고 외국에 갈 수 없는 청년들을 데리고 가야 진정한 봉사이자 베풂이지요!' 그러나 면접장에 앉은 청년들의 눈물은요? 단적인 예로 건물을 소유한 부모님을 둔 청년도 제 앞에서 눈물을 흘립니다. 그러면서 자신이 지금껏 꽁꽁 숨겨왔던, 어디서도 터놓지 못했던 과거를, 그로 인해 쌓인 짐을 조금씩 드러냅니다. 그런 청년은 자신만이 감당해야 할 아픔이 있는 겁니다. 수치화할 수 있는 기준이 그 청년의 아픔을 증명해 내는 것은 아니기 때문입니다.

그래서 오히려 생각했습니다. 우리는 다들 겉보기로는 문제없는 모습으로 살아가는 척하지만 그 안에는 아픔들을 한두 개, 혹은 꽤 많이 안고서 견디고 버티는 게 아닐까. 그래서 남들이 뭐라고 하든 선입견을, 그리고 '내가 청년들을 위해 은혜를 베푸는 어른이야' 따위의 시혜적인 태도를 버린 채 함께 까미노를 걸을 여덟 명의 청년을 뽑았습니다. 선발된 청년 여덟 명 중 막내는 갓 스무 살, 가장 나이가 많은 친구는 서른일곱이었죠. 연령을 군이 고르게 하려 한 건 아니었는데, 우연히도 나머지 여섯 또한 30대 셋과 20대 셋으로 모였습니다.

실패의 이유를 따져가며 좌절하는 일에는 두려움만 남는다.

실은 꼭 함께 까미노에 가고 싶었던 친구가 하나 있었습니다. 세간에서 'SKY'라 부르는 일류대 출신이었죠. 대학교를 졸업할 때까지 한 번도 일탈한 적 없이 칭찬만 받아온 청년이었습니다. 본인도 말하더군요. 자신은 태어나서 단 한 번도 부모님의 뜻을 거슬러본 적이 없다는 겁니다. 하루 일과도, 공부도, 연애도, 대외 활동이나 인간관계도. "왜 그래야 하는 거죠?", "그렇게 하면 정말로 제가 행복해지는 삶을 살 수 있나요?"와 같은 질문조차 해보지 않은 채 20여 년을 산 것이었습니다.

면접을 보던 당시 그 친구가 스물일곱이었습니다. 취업 준비 3년 차. 부모님이 시키는 대로만 살아왔고 대학을 졸업할 때까지 한 번도 실패한 적이 없다고 여겼는데, 약속받았던 장밋빛 미래는 도래하지 않았고 취업시장에서는 계속해서 고배만 마셔야 했죠. 대체 무엇이 문제일까. 하라는 대로만 한 자신일까, 아름다운 미래를 약속했던 부모님일까, 아니면 자신을 너무나 힘들게 만드는 현재의 사회 구조일까. 청년은 마음과 정신이 완전히 피폐해졌다고 말했습니다. 하루하루 피가 마를 것 같다고 괴로워하며 산 지 벌써 3년이 되었다고요. 그러면서 이야기했습니다.

"신부님, 지금 여기 지원한 게 제가 태어나서 처음으로 부모님께 아무런 허락도 받지 않고 제 마음대로 행동한 일입니다. 이렇게 멋대로 행동한 거, 태어나서 처음이에요. 지원했단 말씀조차 드리지 않았어요."

저는 그 친구와 정말 까미노에 가고 싶었습니다.

합격을 알려줬을 때도 얼마나 기뻐했던지요. 그런데 사흘 후에 연락이 왔습니다. 죄송한데 개인 사정으로 못 가게 되었다고. 수화기 속에서 들려오던 목소리에, 면접관으로 앉아 있던 저희는 모두, 청년이 말은 하지 않았지만 느꼈습니다. '아, 부모님의 반대 때문이구나.'

네가 제정신이니? 취업해야 어딜 간다는 거니? 거기 가면 무슨 콩고물이라도 떨어질까? 스펙 한 줄 되지 못하는 45일간의 긴 여정이 무슨 의미가 있단 말이니? 그런 것은 나중에 해도 늦지 않아.

아마 그런 말들을 들어야 했던 건 아닐까요. 스스로 결정한 첫 선택이 이토록 쉽게 꺾여버린 겁니다. 청년을 면접했던 모두가 너무나 안타까워했죠. 저는 그때도 지금도 생각합니다. 누군가 스스로 선택한 길을 날벌레 눌러 죽이듯 없애버리는 일은 절대 그 어떤 방법으로도 사랑이라 표현될 수 없다고 말입니다.

그 청년에게 연락하고 싶을 때가 많습니다. 취업은 했을까. 이젠 마음이 조금 괜찮을까. 혹시 스스로 무언가를 시작하지 않았을까. 전화를 걸어 묻고 싶습니다. 그럴 수 없기에 더더욱 생각이 나지요.

선생 됨의
어려움

청년 여덟 명과 함께 비행기에 올랐습니다. 출발하기 전부터 청년들이 스스로 모여 회의를 하고 숙소와 식당, 일정 등을 직접 계획했지요. 저희는 개입하지 않았습니다. 모든 것은 청년들이 직접 자기 손으로 결정해야 했습니다.

순례길을 경험해 본 사람은 알겠지만 워낙 몸이 힘든 여정이기 때문에 그 길을 내내 같은 속도로 함께 간다는 것은 불가능합니다. 그래서 청년들은 자기 페이스대로 걷되, 삼시 세끼는 꼭 함께 먹고 매일 부대끼며 잠을 자자고 나름대로 저들끼리의 규칙을 정했지요.

그렇게 공들여 준비했음에도 불구하고 사실 처음부터 고

난이 찾아왔습니다. 사람마다 고난의 종류는 달랐습니다. 어떤 친구는 매일 걸어야 하는 거리를 얕보고(그만큼의 거리를 걸은 적이 없으니 당연합니다) 잘못된 신발을 준비했다가 첫날부터 낭패를 보았지요. 휴직까지 하고 온 어떤 친구는 낯을 가려서 고생했습니다. 학교 다닐 때 한 학급 안에서도 마음 맞는 친구 하나를 찾기 어려운데, 여덟 중에서 찰떡같이 어울릴 사람을 찾을 수 있으리란 기대 자체가 사실은 무리였던 거지요. 그리고 그저 '인솔자'라는 마음으로 안이했던 저 또한 개인적인 고통에 시달려야 했습니다. 저질 체력 때문이었죠.

아직도 까미노를 생각하면 저 자신이 우습습니다. 인솔자들을 포함한 저희 일행 중 제가 매일 도맡아 독보적인 꼴등을 했기 때문이죠. 오래 걷다 보면 사람마다 아픈 부위가 다릅니다. 발목, 무릎, 허리, 고관절, 어깨…. 제 경우에는 발바닥이 아팠는데, 그냥 '아프다'고 표현할 수 있는 수준이 아니었습니다. 아침 식사를 끝낸 후 걷기 시작한 지 두어 시간이 지나면 그때부터 누군가 토치를 발에 대고 불로 지지는 것처럼 발바닥이 타올랐지요. 나이 탓을 하고는 싶지만 그럴 수도 없는 게, 함께 간 국장님은 어찌나 씩씩하게 걷는지, 주변에서 함께 걷던 외국인들이 별명을 붙여줄 정도였습니다. "로켓 맨! 고, 고, 로켓 맨!" 처음에는 한두 명이서 부르던 그 별명은 곧 알베르게(숙소)에서 통용되는 국장님의 상징이 되었습니다. 마치 히어로 영화에 나오는 주인공처럼 말입니다. 저는… 아마 히어로의 발목을 잡는 골칫덩이 3 역할쯤 되지 않았을까요.

사실 저는 까미노에서 청년들이 마냥 길을 걷는 것보다는 천천히 숨을 고르며 이런저런 볼거리를 많이 구경하면 좋겠다고 생각했습니다. 그러나 아마 여러 나라에서 온 순례자들이 옆에서 씩씩하게 걷고 있으니 우리 청년들도 지고 싶지 않았나 봅니다. '제발 좀 천천히 가…. 주변 풍경도 보면서….' 저는 뒤에서 가을비 내린 후 마지막 날갯짓을 하는 모기 같은 목소리로 속삭일 따름이었습니다.

사방에서 아무리 뜯어봐도 그저 저질 체력에 대한 변명으로 들릴 뿐이네요.

○

하다못해 사이좋던 가족도 함께 여행을 떠나면 크게 싸우기 마련입니다. 오죽하면 "가족은 따로 살아야 사이가 좋아진다"라는 우스갯소리도 있을까요. 친구와는 절대 함께 살지 말라는 이야기도 있지요. 서로 친분이 전혀 없던 여덟 명의 청년을 저희 멋대로 한 그룹으로 묶어 낯선 외국으로 떠났고 특히 종일 걷느라 몸도 힘들었으니, 청년들 사이의 갈등이 없을 거라 고는 생각지 않았습니다. 다만 그러한 갈등을 대화를 통해 극 복하는 과정 또한 청년들에게 꼭 필요한 경험이라고 생각했기 에 저는 안전을 보장하는 것 외의 개입을 하지 않기로 했었습 니다. 그리고 그 정도라면 저 자신에게도 그렇게 큰 짐이 되지 는 않을 거라고 생각했습니다.

문득 사랑을 듬뿍 주셨던 선생님들이 떠오릅니다. 제가 5학 년이었을 때의 담임선생님입니다. 그해 교대를 졸업한 후 바 로 처음 교사로 부임했으니 지금 돌이켜 보면 까마득한 젊은 이였습니다. 당시 스물일곱의 청년이었던 거죠, 지금의 문간 손님들처럼 말입니다.

그 선생님과 난생처음 술을 마셨던 기억이 납니다. 열두 살, 초등학교 5학년 때 말입니다. 눈이 온 겨울방학 중의 어느 날 이었죠. 그 당시는 워낙 대기가 깨끗하던 시절이라 하늘에서 내린 눈을 그냥 받아 먹어도 괜찮았습니다. 친구들과 선생님 까지 어우러져 한참을 뛰놀고 나서 따뜻한 난로가 켜진 교무 실로 돌아왔죠. 추운 밖에서 오래 있다 뜨거운 불을 쬤었더니 온몸이 나른해지며 헤실헤실 웃음이 나왔습니다.

그때 선생님이 짐을 주섬주섬 뒤지더니 처음 보는 호박빛 액체가 든 병을 가져왔습니다. "얘들아, 이거 한번 먹어볼래?"

그게 뭔지도 모르고 어린 저희는 목을 쭉 빼서 선생님이 손에 든 병을 바라보았죠.

위스키였습니다. 물론 그때는 위스키가 뭔지도 몰랐지만요. 요즘 구할 수 있는 '조니 워커'나 '발렌타인'과 같이 이름 있는 수입 위스키도 전혀 아니었습니다. 세계를 호령하던 프랑스 황제의 이름이 붙은, 그러나 우리나라에서 만든, 지금도 오래된 구멍가게에 가면 몇천 원에 살 수 있는 그런 위스키였지요.

선생님은 열두 살짜리 아이들에게 위스키를 나눠주었습니다. 나눠줬다고 말하기도 표현하기도 우스울 정도의 양이었죠. 그 어렸던 열두 살짜리에게도 반 모금이 될까 말까 한 정도였습니다. 그야말로 '혀만 살짝 적시는' 정도였으니까요. 과감하게 꿀떡 넘기고 싶어도 선생님 눈치가 보여 그럴 수 없었습니다.

그러나 금지된 어른들만의 행위를 어른의 용인하에 아무런 걱정 없이 처음 저질러보는 순간의 화끈함과 달콤함은 얼마나 강렬하던지요! 심지어 아빠도, 삼촌도, 동네 어른도 아닌 학교 선생님이 주신 기회이니 말입니다. 무슨 맛인지도 모르는 싸구려 위스키를 목구멍으로 넘기고 입술을 핥으며 들숨 날숨을 쉬던 기억이, 아마 청년들에게 많은 경험의 기회를 주고 싶다는 생각으로 몇십 년에 걸쳐 번져갔는지도 모릅니다.

그토록 젊었기 때문에 특히 더 아이들과 잘 맞았던 걸까요?

그렇다기보다는 그저 선생님의 성향, 그리고 내재되어 있는 사랑이 열두 살이었던 저희와 잘 맞았던 거라고 확신합니다.

40년 가까이 지난 지금껏 찾아뵙는 선생님도 있습니다. 초등학교 6학년 때 담임이었던 이우형 선생님입니다. 저 말고도 아직 선생님을 찾는 제자가 많습니다. 1949년생이니 지금 일흔이 넘었는데도 말이죠.

은사님에게 받은 것들이 제 피에 녹았고 제 피부를 감쌌다는, 조금은 엉뚱하고 무협지 같은 표현을 하고 싶습니다. 제가 사제 서품을 받을 때 다시 한번 큰 은혜를 입었지요.

천주교 신부가 되기 전 신학교 마지막 학년을 다니며 받는 품계가 '부제'입니다. 제가 1999년에 신학교에 들어가 2007년에 부제서품을 받았으니 꼬박 8년이 걸린 셈입니다(그러나 아직 '신부'는 되지 못한 상태입니다. 그저 성직자로 인정받았을 뿐이죠). 대학 4년 다니고 취업하거나 대학원에 진학하는 일반 사람들이 보기에는 아주 긴 세월입니다.

사실 은사님과 오랜 시간 연락을 주고받지는 못했습니다. 거의 끊어졌다고 보는 게 맞았지요. 그러나 부제품을 받을 때쯤 친구의 결혼식에 갔다가 그 친구를 통해 우연하게 다시 연이 닿게 되었습니다. "문수야, 이우형 선생님께 네가 신학교 다닌다고 말씀드리니까 너무 보고 싶으시대"라는 친구의 전언

덕분이었습니다. 담임선생님일 때만 해도 종교가 없었는데, 그 얼마 후에 세례를 받고 신자가 된 것이었죠. 아직도 저를 기억한다는 사실에 무척 놀랐고 그동안 쭉 저의 소식을 듣고 있었다는 사실에 한 번 더 놀라고 말았습니다. 그리고 은사님을 만나게 되었습니다.

부제 다음의 단계가 사제입니다. 천주교에서는 사제 서품을 받을 때 입는 옷, 이른바 '서품 제의'의 상징성을 중시하지요. 성직자에게 가장 경사스러운 날 중 하나이기 때문입니다. 여담이지만, 그래서 사제 서품 받을 때 입은 서품 제의는 이 땅을 떠날 때 수의로 다시 입는 경우가 많습니다. 사제가 될 때 몸에 걸친 첫 옷을 입은 채 죽음을 맞아 떠나는 거죠.

사제 서품을 받기 얼마 전 갑자기 은사님에게서 연락이 왔습니다.

"문수야. 서품 제의 준비했니?"

갑작스러운 물음에 아마 저는 멀뚱멀뚱, 사뭇 멍청한 말투로 대답했던 것 같습니다.

"아니요, 선생님. 아직은 그게…."

"그럼 내가 해주고 싶구나."

제가 이 세상을 떠날 때 입을 수의이자 제의를 지어주신 은사님은 저를 볼 때마다 어떤 기분을 느낄까요? 궁금하고, 죄송

하지만, 무엇보다 한없이 감사합니다.

베풀어보지 않은 사람은 베풂이 얼마나 어려운 일인지 알수 없지 않을까요. 오히려 쉬운 일이라고 치부할 수도 있겠지요. "돈이 많아서 그런 거 아니야?"라고 말입니다.

하나는 확실하게 대답할 수 있겠네요. 은사님은 그렇게 부자가 아니라는 점을요. 후에 사모님에게 듣게 되었지만 은사님은 당신의 용돈을 몇 개월 동안 아껴 서품 제의를 사 주었습니다. 예금된 목돈으로 사준 게 아니라 당신의 희생으로 마련해 준 거죠.

많은 은사님의 사랑과 훈육으로 성장했음에도 육체적인 고통 속에서 너그러워지지 못했던 건 저도 청년들과 마찬가지였습니다. 그래서 고백하자면, 발바닥은 불타오르듯 아프고, 등짐을 진 어깨가 뭉치고, 너 나 할 것 없이 고약한 냄새를 풍기면서, 언어도 잘 통하지 않는 타국의 길을 걸으며 마음이 참 많이 옹졸해지곤 했습니다. 청년들이 서로 다투고, 이기적인 방향으로 행동하려 들고, 저뿐만 아니라 국장님을 비롯한 어른에게조차 책임감 있는 모습을 보이지 못할 때, 저는 '그래, 이미 마음이 충분히 힘든 친구들이었고, 이제 몸까지 힘들기 때문에 저럴 수 있지…'라고 헤아려주지 못했습니다.

연장자였고 무리에서 밀려 의기소침해진 채 겉돌았던 어

느 청년은 결국 레온이라는 도시에서 혼자 행방불명되는 사고를 쳤습니다. 온 도시의 술집과 유흥가를 뒤지다 못해 숙소 주인의 도움을 얻어 시내의 모든 경찰서와 병원에 연락을 돌리고 나서야 나타난 그 친구는 "순례길에서 만난 친구가 숙소를 호텔에 잡고 놀러오라고 하길래 거기서 놀다가 왔습니다"라고 말했습니다. 그런데 왜 말도 없이 나갔느냐는 물음에 자기 한 명 없어도 모를 거라 생각했다는 대답이 돌아오자, 속에서 마치 화산이 터지는 듯 뜨거운 불이 끓어오르더군요. 이렇게 철이 없다니! 자신은 소외되어 아무도 관심을 갖지 않을 거라 생각했던 것 같습니다. 저는 가슴을 쓸어내리며 놀란 마음을 다독여야 했습니다.

그 청년은 마지막 헤어지는 공항에서도 저의 마음을 아프게 했습니다. 인천공항에서 각자의 캐리어를 찾는 컨베이어 벨트, 그 자리에 끝끝내 나타나지 않았기 때문입니다. 눈에 익은 그 청년의 짐까지 찾아놓고 저, 국장님, 그리고 동고동락한 어린 친구들이 40여 분을 기다렸는데도 마지막 작별 인사 한마디 없이 모습을 드러내지 않았지요. 차라리 '그동안 고생하셨어요. 제가 40여 일간 이런저런 서운한 점이 많아서 인사는 못 드리겠습니다. 건강하세요' 같은 메시지라도 제때 남겨주었더라면…. 결국 모든 일행은 그 친구가 나타나지 않으리라는 것을 깨닫고 컨베이어 벨트에 다시 짐을 놔둔 채 공항을 떠날 수밖에 없었지요. 다음 날 아침, 새벽에 보낸 그 친구의 문자를 확인할 수 있었습니다. '신부님, 감사하고 죄송합니다. 건강하세요.' 그 메시지를 보자마자 절로 한숨 섞인 말이 흘러나왔지요.

"그래, 너도 얼마나 힘들었겠니. 아주 힘들었으니 마지막 인사조차 할 수 없었겠지…."

저는 인솔했던 여덟 명의 청년과 육체적 한계를 느끼게 했던 까미노 길을 통해 제가 나약하고 부족한 사람임을 여실히 느낄 수 있었습니다. 그래도 신기한 것은, 그렇게 힘들었고 또 나름의 상처를 받았는데도 다시 청년들을 데리고 여정을 떠나고 싶은 마음이 든다는 겁니다.

코로나가 끝나면 아프리카 짐바브웨에서의 봉사 활동과 요트를 타고 바다를 횡단하는 활동을 '청년희망로드'의 후속으로 계획하고 있습니다. 요트 탐험의 경우, 면허를 따는 교육 과정부터 일체 함께할 생각입니다.

우리나라에도 제주 올레길을 비롯해 걸으며 마음을 가다듬을 수 있는 좋은 길들이 있으니, 올해는 거창하게 국제선 비행기를 타지 않더라도 그런 곳에서 청년들을 만날 수 있도록 또 다른 계획을 세우는 중입니다. 고통은 늘 피하고 싶은 것이지만 삶에는 고통만 있는 것은 아니기에 다시 청년들과의 빛나

눈 순간을 꿈꾸며 설레는 계획을 만들어봅니다.

○

다시 청년들과 국제선 비행기를 타고 오래오래 하늘을 건너 순례길을 밟을 수 있을까요? 앞날은 알 수 없습니다. 이번엔 좀 더 수월한 경험을 선사할 청년들을 관상으로 뽑아낼 수 있을까요? 그럴 리가 없지요. 그렇지만 또 다른 청년희망로드에서 저라는 사람은 새로운 깨달음을 얻을 수 있을까요? 그것만은 노력해 볼 일이라고 생각합니다.

당신이 늘 새로운 걸 보고 새로운 걸 느꼈으면….

벼랑 끝에 선
청년들

청년밥상 문간을 운영하고 여러 매체와 인터뷰하고 TV에
도 출연하면서 초면인 청년들이 저에게 메시지를 보내는 경우
가 생겼습니다. 그중에는 벼랑 끝에 선 청년들도 있죠. 매일같
이 차라리 죽는 게 낫지 않을까 고민하면서 속이 곪아 괴로워
하는 청년들이죠. 얼마나 힘들었으면 생전 한 번도 보지 못한
저의 SNS에까지 찾아와 다이렉트 메시지를 보낼까요. 생각하
면 마음이 영 좋지 않습니다.

가장 최근에 만났던 청년은 인스타그램으로 제게 메시지를
보냈지요. 대강의 내용은 이랬습니다. 너무 힘들어서 그만 살
고 싶은데, 스스로의 목숨을 끊어 편해지고 싶은데, 하필 자신

이 크리스천이라는 겁니다. 그러면서 묻더군요.

'신부님, 제가 제 목숨을 끊으면 그게 정말로 지옥에 떨어질 정도로 큰 죄가 되는 걸까요?'

어떻게 답을 해야 할까. 오래 고민했습니다.

이토록 힘든 사람에게 윤리적, 혹은 교리적인 대답을 하는 것은 적절하지 못하다는 생각이 들었습니다. 이런 고통에 빠지고 이런 생각을 할 수밖에 없는 상황이 중요한 것이니 일단은 그걸 먼저 파악해야 했죠. 그러나 오래 보고 어떤 처지일지 다 알고 있을 주변 사람도 위로하고 보듬어주지 못한 고통을 생판 남인 제가 어떻게 타개하게끔 도와줄 수 있을까요?

그래서 생각했습니다. 다만 맛있는 밥이라도 사드리고 싶다.

식당을 준비하면서 깨달았던 사실이 있습니다. '먹는 게 사람 사는 데 정말이지 중요하구나.' 식당을 열기 전 '소셜 다이닝'이라는 활동을 처음 접했는데 자못 충격적이었지요. 모르는 사람들끼리라도 함께 무언가를 먹는 행위를 통해 마음이 활짝 열린다는 사실이 의외였고, 실제로 생각해 보니 정말로 그러한 모임이 고립되어 외로운 인간을 살릴 수도 있다는 확신이 들었기 때문이지요. 인간은 개인적인 시간을 필요로 하면서도 동시에 다른 인간과 무조건 연결되어 교류하고 싶어 합니다. 고립을 막는, 가장 손쉬우면서도 잦은 빈도를 유지할 기회가

1부 외로운 사람들이 모이는 곳

바로 식사인 셈이지요.

이러한 일련의 숙고를 거쳐 저는 그 청년에게 메시지를 보냈습니다. 제가 메시지로 뭐라 전할 것은 없으니 차라리 만나서 한 끼 밥을 먹자고 했지요. 드시고 싶은 걸 제가 살 테니 맛있는 식사 할 곳을 찾아보자고 제안했습니다.

"뭐 좋아하세요?"

"글쎄요 신부님. 저는 한 번도 뭘 먹고 싶다고 남한테 말해본 적이 없어요. 신부님이 정하시면 아무거나 좋아요."

그래서 저희는 중간 지점인 광화문의 한 일본식 전골집에서 만났지요. 메시지를 주고받는 내내 남자라고 생각했던 청년이 만나보니 굉장히 체구가 작은 여자여서 내심 놀랐습니다.

처음에는 저와 잘 눈을 마주치지 못했지만 역시 따뜻한 국물이 테이블 위에 올라가자 서서히 눈을 마주칠 수 있게 되었지요. 그리고 저는 그의 유능함 때문에 거듭 놀라게 됩니다. 생명공학을 전공했고 여러 나라에서 영어로 과학을 가르친 경력이 풍부한 청년이었습니다. 해외 교육 봉사를 엄청 활발하게 했고, 바이러스가 유행하기 직전에도 몽골에서 봉사하다가 코로나 때문에 어쩔 수 없이 귀국했다고 하더군요.

"신부님, 진짜 저는 쓸모없고 무능한 인간이에요."

"아니… 영어로 과학을 가르칠 수 있을 정도로 유능하신 분이 어떻게 그런 말씀을 하세요."

저는 그렇게 말하며 마음속 밧줄이 툭 끊어지는 듯한 슬픔을 느꼈지요. 능력이 있어야만 삶의 가치가 있다는 뜻으로 곡해되지 않으면 좋겠습니다만, 어쨌든 그토록 똑똑하며 이타심이 넘쳤던 사람이 스스로 자기 삶을 마감해야겠다는 생각을 할 수 있을까, 과연 무엇 때문일까, 인생이란 뭘까라는 고민들이 번개처럼 머리를 치더군요.

"코로나 때문에요. 수입이 완전히 끊겼고 봉사 활동도 갈 수 없고요. 개인사 때문에 가족이랑 연락도 하지 않아요. 그렇게 고립된 생활을 1년 넘게 하니까 너무 힘들어요. 집 안에만 틀어박혀 있어요. 저는 쓸모가 없는 사람 같아요."

어떤 이들은 이런 사람에게 상담을 받아보라는 조언을 하기도 하지요. 저는 그러나 그게 백 퍼센트 해답은 아니라는 걸 압니다. 오히려 상담을 충분히 받아보고 나서 더 깊은 수렁에 빠진 사람도 많지요. 소용이 없으면 상처는 더 커집니다. 예를 들어 약을 먹고 배탈이 싹 나으면 당연히 배가 아플 때마다 그 약을 찾게 되겠지요. 그러나 차도가 없으면 그다음부터는 약에 불신이 생깁니다. 심리 치료와 상담의 경우가 특히 심합니다. 돈과 시간은 들 대로 들지만 효과가 아주 미미한 경우가 왕왕 있기 때문이지요.

이 사람의 사연을 들으니 제가 알고 지내는 상담사 선생님과의 대화도 떠오르더군요. 해외로 봉사 활동을 자주 가는 사람의 상당수가 한국 사회에 완전히 지쳐서 현실로부터 도피하기 위해 그 길을 택한다고 합니다. 빠르고 날 선 사회에 도저히 적응할 수 없어서 해외에 나가 이타적인 방향으로 에너지를 쓰는 것이지요. 물론 모든 해외 봉사자로 일반화해서는 절대 안 되겠습니다만, 그 말을 떠올리니 십여 년 동안 해외 봉사에 몸과 시간을 바쳤다는 청년의 마음이 많이 이해되었습니다.

야속한 것은 전염병이니 이를 어쩌겠습니까. 사실 제가 해줄 수 있는 것은 딱히 없지요. 그저 이야기를 들어주는 것, 맛있는 식사를 대접하는 것, 그리고 만약 경제적인 요인이 클 경우 우리 가게에서 일해보지 않겠느냐고 제안하는 것… 겨우 그 정도입니다. 근사한 일자리는 못 될지라도 이러한 제안을 위해서라도 문간을 여러 지점 내야겠다는 생각을 하는 요즘입니다. "문간 63호점에 아르바이트 자리가 있는데 일단 그거라도 할래요?"라고 말할 수 있었으면… 그러면 꽤 많은 청년에게 도움이 되지 않을까요.

실제로 문간에서 아르바이트를 했던 청년 중에는 제가 애정을 가지고 어떻게든 살게 하려고 노력했던 친구가 있습니다. 알코올에 의존적이던 친구도 있었고, 부모님에 대한 트라우마가 아주 강했던 친구도 있었지요. 저는 그들을 불쌍히 여겨서 일을 시킨 것이 아니었습니다. 그 친구들이 움직이는 걸 보고 싶어서, 그리고 제게 조금 더 많은 일을 털어놓길 바라서 제 가까이에 두고 일을 시켰지요. 실제로 야단도 치고, 무 자르듯 해고한 적도 있습니다. 절대 동정심에서 그런 일을 하지는 않았다는 거지요. 다만 제 바람이었던 겁니다. 청년들을 벼랑 끝에서 다시 널찍한 공터로 끌고 오려는 저의 희망이었습니다.

그 청년들이 원했을까요? 의도했을까요? 일부러 머물 자리로 정한 걸까요? 그토록 벼랑 끝에 내몰린 상황을?

절대 아닐 겁니다. 중간중간의 어떤 선택들로 인생에 그런 영향이 미쳤고, 자신이 원하지 않았지만 일련의 일들이 삶에 일어나 버렸지요. 어디에 탓을 할지도 천차만별이고 어쩌면 아예 그 방향을 모를 수도 있을 겁니다. 그러면 더욱 힘든 거지요. 탓할 대상이 자기뿐이니까요.

그때 고개를 돌렸을 때 제가 있으면 좋겠다는 생각을 합니다. 사실 저는 공감을 잘 해주는 사람은 아닙니다. 감정의 폭풍 속에 휩쓸리지 않고 꼿꼿하게 서서 쓴소리도 자주 하곤 하거든요. 저의 페이스를 잃지 않기 위함이지요. 지치지 않으려는 겁니다. 그러나, 그래도, 이야기를 다 들어주려 노력합니다. 제가 해답이 되어줄 수는 없어도 대나무숲이 되어줄 수는 있겠죠. 그런 마음으로 말입니다.

○

　힘들어하는 청년 중에는 어렸을 때 가정에서부터 첫 단추를 잘못 끼운 경우가 상당히 많습니다. 부모와의 첨예한 갈등이 켜켜이 쌓여 화석처럼 굳어버린 케이스죠.

　사람들은 제가 그 경우를 이해하지 못할 거라고 생각하지만 의외로 저의 과거와 가장 잘 닮은 모습이기도 합니다. 저는 가부장적인 아버지와 특히 진로 문제로 갈등하며 크게 대립했지요. 고등학생이 되고 나서부터는 아버지와 말 한마디 섞지 않았을 정도니까요. 그리고 재수, 삼수를 반복하면서 서로를 탓하는 부자의 간극은 더 커졌습니다. 한때 제 삶의 모든 것을 아버지의 잘못에서 시작된 일로 돌렸지요. "그때 아버지가 내 길을 막지만 않았으면 재수를 하지 않았을 텐데. 열심히 하라고 응원해 줬으면 정말 집중해 공부했을 텐데…" 운운하며 말입니다.

　그러다 생의 궤도가 또 크게 바뀌어 수도원에 들어가게 되었죠. 수도원에 들어가면 심리검사 비슷한 걸 필수로 해야 합니다. 컴퓨터용 사인펜 들고 OMR에 마킹하는 짧은 시간의 약식 검사가 아니라, 한 사람당 6시간 넘게 진행되는 몹시 본격적인 검사지요. 그리고 그 결과를 토대로 정신의학과 의사 선생님과도 면담을 해야 합니다.

제 결과지에는 아버지에 대한 원망이 고스란히 들어 있었을 테지요. 면담 때도 저는 아버지와의 불화를 토로했습니다. 그런데 가만히 듣고 있던 의사 선생님이 대뜸 말하는 겁니다.

"그건 이문수 씨의 책임이죠."

"네?"

"이문수 씨의 책임이라고요."

젊었던 저는 속으로 몹시 분노했습니다. '그게 왜 내 책임이에요? 우리 아버지가 나를 못살게 굴어서 내 인생이 꼬인 건데, 고작 오늘 본 게 전부인 당신이 나에 대해 뭘 알아요?' 속으로 그렇게 비명을 지르듯 소리쳤지요. 선생님은 한 문장을 뒤이어 붙였습니다.

"이문수 씨 인생에서 일어난 모든 일은 이문수 씨가 책임을 지시는 거예요."

물론 그때는 그 말의 뜻을 제대로 알 수 없었지요. 화만 삭이려 노력할 뿐이었습니다. 그러나 이상하게 그 마지막 문장이 자꾸만 마음속에서 화두로 떠오르는 겁니다. 처음에는 받아들일 수 없었는데 어쩐지 계속 곱씹게 되는 말이었습니다.

그리고 굉장히 오랜 시간이 지나 그 말씀의 의미를 깨닫게 되었지요. "내 인생에서 일어난 모든 것은 자초하지 않은 일마저도 받아들여야만 한다"라는 뜻이었구나 하고 말입니다. 그 누군가의 인생도 아닌 내 인생에서 일어난 일이고, 그것이 내 책임이라는 말 역시 '내 탓'이라기보다는 '내 몫'이라고 해석되어야 옳은 것이었죠. 과거를 다르게 가정해 봤자 지금의 내 인생은 바뀌지 않으니 '내 몫'을 받아들여 살아야 한다는 뜻이었던 겁니다.

부모 자식 간의 관계뿐만 아니라 모든 과거의 상처에 대해서도 마찬가지겠죠. 피해자에게 짐을 떠넘기는 것으로 오해될까 봐 조금 조심스럽습니다. 당연히 벌을 받을 사람은 벌을 받아야 합니다. 아주 강력하고 철저하게 받아야 하죠. 다만 결국 남은 삶은 힘든 청년의 몫이라는 겁니다. 어떻게든 견디고 살아가야 하는 게 과제로 남았으므로 이왕이면 아주 괴롭지는 않게 해결할 수 있다면 좋겠지요. 그래서 저는 저 이야기를 가끔 가까운 청년들에게 해주곤 합니다. 더 밝게 살자고 하는 말이지요. 덜 상처받으며 살자고 하는 말입니다.

○

저는 대체로 무능력합니다. 만일 지금 어떤 청년이 찾아온다고 해서 그 문제를 짠 하고 해결해 줄 수는 없지요. 그렇지만 그런 저에게도 실낱같은 희망을 걸고 찾아오는 청년들이 있습니다. 그렇다면 얼마나 더 많은 청년이 아무에게도 고민을 이야기하지 못한 채 혼자 끙끙 앓고 있을까요. 생각하면 마음이 무거워집니다. 청년들이 적극적으로 도움을 청할 수 있는 사회가 되었으면 합니다. 저도 적극적으로 도울 방법을 계속해서 찾아나갈 것이고요.

더는 아무도 벼랑 끝에 서지 않도록, 모두 안전하고 양지바른 공터로 나와 누워 쉴 수 있도록 애써주는 게 나이를 아주 조금 더 먹은 어른으로서 꼭 해야 할 일이기 때문입니다.

어떻게 어른이 되는 것인지
어른도 모른다

보통 제 나이라 하면 청년들이 알아서 피하는 나이의 시작점 즈음이지 않을까요. 40대 초반만 해도 억지를 부리면 청년들에게 "형, 형" 소리는 들을 수 있겠지만 40대 후반에게는 아무래도 어렵지요. 50대를 넘어가면 절대 불가능하고요. 그 상황을 너무 적극적으로 받아들여서 인생의 대선배랍시고 감 놔라 배 놔라 하면 '꼰대'가 되는 거고, 차마 받아들이지 못한 채 젊은이들과 어울리려 기를 쓰면 '꼴불견'이 되는 겁니다. 꼰대도 꼴불견도 되지 않는 게 참 어려운 일이지요. 균형을 잘 맞춰야 하는데 평행봉 위를 걷듯 위태위태합니다.

문간을 열면서 청년들과 교류할 기회가 많아졌습니다. '청년희망로드'와 같은 프로그램의 참가자로서도 만났고 손님과 주인으로도 만났지만 역시 가장 부대낄 일이 많은 것은 아르바이트생과 사장의 관계겠지요. 그리고 어쩌면 서로의 민낯을 가장 많이 보게 될 관계일지도 모릅니다. 사람 가득한 매장에서 눈코 뜰 새 없이 일을 하다 보면 서로 신경이 날카로워지기 마련이니까요. 게다가 돈이 오가는 관계이기도 하니, 자원봉사자와의 관계와는 또 다릅니다.

그래도 운이 좋아서 문간에는 항상 좋은 아르바이트생들이 다녀갔지요. 캐릭터들도 각각 개성 넘치고, 되고 싶은 것이 많아서 먹고 싶은 것도 많은, 그런 건강한 청년들이었습니다. 청년 시절의 저보다 훨씬 훌륭한 친구들이죠. 꼰대도 꼴불견도 아닌 채로 친해지려면 어떻게 해야 할까 골똘히 고민하게 만드는 친구들입니다.

우리 식당의 낮 타임 근무자는 올해 스물세 살입니다. 서윤이는 소방관이 되겠다고 소방학과에 다니다가 애견 미용으로 전공을 바꾼 상태죠. 두 전공 다 흔한 전공은 아닌데, 따뜻한 마음이 있어야 공부할 수 있는 분야라고 저는 생각합니다. 실제로 서윤이는 몸도 마음도 정신도 굉장히 건강한 친구죠. 에너지가 넘치기도 하고요.

서윤이와 제일 가까이서 일하는 사람이 주방장님입니다. 주방장님은 이렇게 말하곤 하죠.

"서윤이는 정말 사랑을 많이 받고 자란 게 느껴져요. 그래서 그릇이 커요. 제가 볼 때 충분히 짜증 나고 기분 나쁠 만한 상황도 대수롭지 않게 받아들이고 넘겨요. 저는 그렇게 못 할 것 같은데 작은 일에 절대 연연하지 않아요."

건강한 사랑을 받고 건강하게 자란 아이는 자존감이 높고 피해의식이나 열등감이 없죠. 서윤이가 그런 케이스입니다.

원래 저는 아르바이트생들에게 무조건 존댓말을 사용하는데 서윤이에게만은 예외입니다. 존댓말을 하는 제 앞에서 서윤이가 '푸학' 소리를 내며 웃었기 때문이지요. 어른이 자신에게 존댓말을 하는 게 어색했던 모양입니다. 그래서 사장에게 반말을 듣는 유일무이한 아르바이트생이 되었지요.

저녁에 일하는 성원이는 올 3월부터 문간에서 일했는데 '사장처럼 일하는' 놀라운 친구입니다. 모두가 하나같이 엄지를 치켜들며 말하죠. "와 신부님, 그냥 성원이는 짱이에요!" 뭐가 그렇게 짱인가 하고 봤더니 성원이는 일을 찾아서 합니다. 홀 서빙뿐만 아니라 벽에 못을 박거나 꺼진 등을 갈거나 하는 일들을 주저 없이 알아서 하죠. "주방 창문에 방충망이 필요한데"라는 주방장님의 말을 듣고 자신이 직접 방충망을 사 와서 달아준 날 어찌나 놀랐던지요. 그런 걸 억지로 했다면, 연기였다면 정말로 메소드 연기자라 불러 마땅하죠. 절대 연기일 수가 없습니다. 그게 성원이의 성격인 겁니다.

만일 저였다면 그 말을 한 귀로 듣고 한 귀로 흘렸겠지요. 꺼진 등을 보고도 남이 갈기만을 기다렸을 겁니다. 만약 누군가 홀서빙이 아닌 일을 시킨다면 '내가 왜 그걸 해야 해? 나는 그냥 홀서빙 아르바이트를 하는 건데 왜 엉뚱한 것까지 나를 시켜?'라고 생각했을 게 분명합니다. 아마 많은 사람이 그렇게 생각하겠지요. 그 생각이 나쁘다는 것은 아닙니다. 다만 성원이라는 청년 자체가 그 생각을 뛰어넘는 에너지를 가지고 있다는 이야기를 하고 싶은 것이지요.

서윤이와 성원이에 대해 저는 이렇게 표현합니다. '지점을 내줄 수 있는 친구'라고요. 저들도 농반진반으로 "신부님, 저 3호점 하면 안 돼요?"라고 말하곤 씩 웃죠. 사실 면접을 보고 사람을 뽑는다 해도 절대 성격이나 성실성을 다 파악할 수가 없는데, 제가 확실히 인복이 있는 것 같지요.

이전에 아르바이트했던 친구 중에는 저를 깜짝 놀라게 했던 청년도 있습니다. 근무 시간과 수당, 국가보조금 등을 계산하는 데 아주 빠삭했고, 일할 때도 "내가 그걸 왜 해야 하는지" 이유를 먼저 묻던 청년이었죠. 일머리가 좋고 성실했지만 그런 점 때문에 저는 은근히 그 청년이 '계산적'이라고 오해했습니다.

그런데 개인 사정으로 아르바이트를 그만둔 지 두 달 정도 지나 문간에 놀러 와서는 밥을 먹고 갑자기 10만 원을 내미는 겁니다. "신부님이 그때 사인해 주셔서 제가 생활비 보조금 받았잖아요. 감사해서 후원금 가져왔어요." 그때 속으로 정말 많이 놀랐습니다. 그럴 친구가 아니라고 속단했었기 때문이죠. 청년은 또 이렇게 말했지요. "제가 여기서 일하는 동안에 가장 감사했던 게, 다 설명해 주신 점이었어요. 왜 이걸 해야 하는지. '야, 내가 돈 내고 고용한 거니까 하라면 해!'라고 말씀하시지 않고 언제나 꼼꼼히 알려주셨잖아요. 그게 너무 감사했어요. 밖으로 나오고 나니까 그게 얼마나 힘들고 드문 일인지 알겠어요"라고 말입니다. 그 청년은 그러고도 두 번을 더 왔고, 올 때마다 10만 원씩을 후원하고 갔지요. 제가 〈유퀴즈〉에 나오고 나서도 자기가 너무나 기쁘다고 전화까지 해서 응원을 했습니다.

모자란 제가 또 배운 거지요. 손해를 못 견디는 요즘 사람이라고만 생각했는데. '요즘 청년들은 저렇구나, 우리 때와는 달리 계산에 능하구나'라고만 생각했는데. 그런데 자기 돈을 그렇게 선뜻 후원할 수 있는 청년이었던 겁니다. 사람을 함부로 판단해서는 안 되었던 거지요.

'아, 사람은 점점 알아가야 하는구나. 하나하나 꼼꼼히 따지는 성격이라고 해서 베풀 줄 모르는 사람인 건 아니구나. 저 청년은 똑똑하게 자기 몫을 챙긴 후에, 흔쾌히 다시 그걸 남에게 나눠줄 수 있는 큰마음을 품은 사람이구나….'

합리적 근거는 없는 말이지만, 저는 이러한 청년들과의 만남을 두고 사람들에게 "좋은 마음으로 일하니까 좋은 사람이 오나 봐요"라고 표현하곤 합니다. 감사한 일이 아닐 수 없지요.

○

이렇게 청년들과 연을 자주 맺다 보니 청년들에게 하고 싶은 말이 생겨납니다.

저의 청년 시절을 돌아보면 가장 아쉬운 부분이 있습니다. 지나치게 내성적이었지요. 정확히 말하자면 누군가에게 도움을 요청하는 일을 하지 못했습니다. 아버지와는 사이가 좋지 못했으니 차치하고서라도 조금이라도 더 많이 살아보고 저의 현재를 과거로 지나온 사람들에게 고민을 이야기해 볼 수도 있었는데 그럴 엄두를 내지 못했죠. 그냥 혼자만, 혹은 기껏해야 또래 친구들에게만 이야기하고 끝났지요. 그러나 친구들과 이야기할 때는 해결책이 잘 나오지 않습니다. 대부분 정신적인 배설에 불과할 뿐이지요. 속만 시원해지는, 그 정도의 한풀

1부 외로운 사람들이 모이는 곳

이 말입니다.

그때 좀 더 적극적으로 인생의 선배들에게 조언을 구했더라면 제 마음의 짐, 인생의 무게가 조금은 덜해질 수 있지 않았을까요. 그들이 꼭 해결책을 주지 않아도 큰 위로가 되어줄 수 있었을 텐데요.

그리고 뜬구름 잡는 조언이 아닌 실질적 도움도 분명 얻을 기회가 있었을 겁니다. 예컨대 학비가 부족하다는 고민을 이야기한다면, 그 어른이 학비를 내주지는 못해도 장학금 받을 곳을 찾아보거나 다른 어른을 연결해 줄 수 있지요. 예상도 못 했던 돌파구를 찾을 수 있는 겁니다. 그게 어찌 보면 몇 년을 더 이 세상에 머무른 어른의 힘이라고 할 수도 있겠지요.

만약 지금 어떤 청년이 자신이 도저히 풀 수 없는 문제를 안고 저를 찾아온다면, 그 문제를 바로 짠 하고 해결해 줄 수는 없습니다. 그렇지만 주변에 수소문해 줄 수는 있지요. 다만 그런 기회를 얻으려면 본인이 용기를 내야 하죠. 저는 어렸을 때 그런 생각도 못 했기에, 지금 용기를 낸 청년들을 보고 있노라면 조금이라도 더 적극적으로 도울 방법이 있나 찾으려 애를 쓰게 됩니다.

물론 멘토가 될 만한 어른을 찾지 못하는 청년들의 고충도 이해합니다. 욕심만 그득하게 들어찬 기성세대를 이해하지 못하는 것이죠. "존경할 사람도 없는데 멘토를 어디서 찾아요?" 이렇게 되물을 수도 있습니다.

이것은 순전히 기성세대의 탓입니다. 가진 것을 놓으려 하지 못하는 어른들의 잘못이죠.

사실 저는 극소수의 사람이 대부분의 부를 점점 가져갈 것이라고 예상하고 있습니다. 그래서는 안 되지만 안타깝게도 사회는 점점 그런 방향으로 흘러가고 있지요. 그렇다면 그 소수에서 소외되는 대부분 청년은 어떻게 이 세상을 살아가야만 할까요? 저는 항상 그런 고민을 합니다. 답을 모르니 마냥 고민하게 되네요.

부자인 사람이 얼마나 부자가 되든, 그건 좋습니다. 그러나 기본적인 사회 안전망을 국가에서 모두 책임진 후에 그런 일이 일어나야 하죠. 숨 쉬며 살고 있는 모든 사람이 생존의 위협을 느끼지 않는 나라가 되어야만 하죠. 그게 진정한 나라라고 생각합니다.

그런데 그런 나라가 되려면 진통을 겪을 수밖에 없을 겁니다. 한동안은 부자들이 세금을 더 많이 내게 될 수밖에 없는 것이지요. 청년들이 생계와 생존을 걱정하지 않으려면, 조금 더 가진 사람에게도 저마다의 사정이 있을 테지만 더 내놓아야 하지 않을까요? 그러나 우리나라는 너무나 가파른 고도 성장기를 거쳤기 때문에, 그때 성공한 어른들은 '사지육신 멀쩡한 사람에게 왜 돈을 주느냐'는 마인드를 강하게 가지고 있는 경우가 대부분이지요. 지금은 그때와 다른데, 그때 삶을 살아가는 난이도와 지금 삶을 지탱하는 난이도는 천지 차이인데 말입니다. 그걸 넘어서야 하는데 우리네 어른들은 그러한 종류의 관용이 부족해 보입니다.

그러니 청년들이라도 먼저, 다른 방식으로 생각해 주면 좋겠습니다. 그 어른들을 닮으려 하지 않으면 좋겠습니다. 제가 아는 동생 중에서, 군대를 제대한 후 혈혈단신 호주에 건너가 산전수전을 다 겪으면서 살아온 친구가 있지요. 지금은 40대 중반을 넘었는데 그가 제게 이런 말을 하는 겁니다.

"신부님. 저는 제가 생각해도 고생을 많이 한 것 같아요. 정말 열심히 살았거든요."

"내가 모르니? 다 알지. 젊었을 때 월세 아끼려고 캠핑카에서도 살고 그랬던 거. 도서관 불 꺼질 때까지 혼자 공부했던 거."

"그런데 이제 젊은 애들을 보면 그런 말을 해주고 싶어요. 제가 오래 산 건 아니지만 살아보니까 '어떻게든 살아지더라'라는 거예요."

"그래?"

"네. 너무 애쓰지 말고. 어떻게든지 살아지니까, 너무 열심히 살아야 한다거나 너무 잘 살아야 한다거나, 그런 생각을 안 했으면 좋겠어요. 물론 잘 못 살 수도 있고 부자가 못 될 수도 있어요. 그런데 그러면 어때요? 그 나름대로 삶은 살아지고 그 나름의 행복이 있어요."

그 동생이 어떻게 살아왔는지 알기 때문에 고개를 끄덕일 수 있더군요. 거기에 제 나름대로 조금 더 말을 얹자면 이렇습니다. 청년들이 '어떻게 먹고살지'가 아니라 '어떻게 행복할지' 고민하는 시대가 되어야 합니다. 20억짜리 아파트에는 못 살아도, 무슨 일을 하든 생존의 위협을 느끼지 않아야 합니다. "목숨을 걸고 세계의 오지를 탐험하며 사는 게 평생의 꿈"인 청년도 생계는 걱정하지 않아야 합니다. 그런 사회가 오기에는 오랜 세월이 걸리겠지요. 지금의 청년들이 어른이 될 때쯤에도 도래하지 않을 수 있습니다. 그러나 만일 지금의 청년들이 기성세대의 단점과 욕심을 답습하지 않겠다고 다짐한다면, 그 다짐을 잊지 않는다면 좋은 시대는 조금 더 빨리 오겠지요.

○

문간에서 일하는 청년들도, 문간에서 밥을 먹는 청년들도, 제게 메시지를 보내는, 혹은 보낼까 말까 고민하는 청년들도,

1부 외로운 사람들이 모이는 곳

〈유퀴즈〉를 본 청년들도, 보지 않은 청년들도 언젠가는 기성세대가 됩니다. 그때까지 좋은 멘토를 찾을 수 있기를, 그리고 본인도 좋은 멘토가 될 어른으로 성장하기를 기도합니다. 그리고 그때까지 제가 김치찌개를 팔고 있으면 더할 나위 없이 좋겠네요. 그런 생각입니다.

삶에는 어처구니없는 일의 연속이지만,
조금만 더 손을 내뻗는다면 도움은 어디든 존재한다.

비밀스러운
장래희망

비밀인데, 저는 꽤 오랫동안 만화가라는 꿈을 가지고 있었습니다. 삼수 끝에 가까스로 공대에 입학해 온갖 공학 지식을 머리에 넣을 때조차 그 꿈이 사금처럼 남아서 만화 동아리에 들어가 활동하기도 했죠. 그냥 '만화 그리는 게 좋아' 정도가 아니라 정말로, 대학 다니면서까지도 친구와 함께 "우리는 나중에 꼭 만화가가 되자!"라고 몇 번을 다짐했을 정도니 다른 사람들의 생각보다도 꽤 진지했던 장래희망이었습니다. 지금 이 말을 하면 사람들이 웃을지도 모릅니다. "그렇게 죽어라 입시 공부를 하더니 대학 가서는 만화가를 꿈꾸셨다고요? 아니, 그것보다 지금은 신부님이시잖아요. 만화를 그리는 신부님은 잘 상상이 안 되는데요"라는 말을 듣겠지요. 그러나 신부는 꼭 기도만 해야 하나요? 아직도 사람들을 관찰하고, 그 캐릭터들의 성격이나 서로의 관계성을 분석하고, 그다음에는 어떤 일이 생겨날지 머릿속으로 상상해 그려보는 일이 저는 퍽 재미있습니다.

그런 의미에서 복작복작한 시장 한복판에 있으며 매일같이 다양한 손님의 얼굴을 마주할 수 있는 청년밥상 문간은 '만화가 지망생' 이문수에게 아주 좋은 일터가 아닐 수 없습니다. 수도원에서만 생활했다면 전혀 알지 못했을 사람들과 부대끼다 보면 엉뚱한 생각까지 듭니다.

'언젠간 〈구제불능 신부의 좌충우돌 김치찌개 식당 운영기〉 같은 만화도 그려볼 수 있지 않을까? 인기가 있을지는 알 수 없지만….'

○

사실 식당에 오는 손님 중 이른바 '진상 손님'의 비율은 여타 식당에 비해 현저히 작습니다. 아마 손님 대부분이 청년밥상 문간의 취지를 알고 찾아주기 때문이겠죠. 음식이 입맛에 맞지 않을 때에도 테이블에서 점원을 부르기보다는, 카운터에서 계산까지 마친 후에야 아주 작은 목소리로 비밀 이야기하듯 속삭이는 게 다입니다. "신부니임, 찌개가 조금 짰어요. 그래도 잘 먹었습니다." 이런 식이죠. 그러면 그러한 마음이 감사하고 또 죄송스러워 몸둘 바를 모르겠습니다. 그러나 제가 할 줄 아는 건 인사밖에 없지요.

그래도 명색이 음식점이고 서비스업인지라, 다른 음식점들과 마찬가지로 특이한 손님을 마주할 때도 분명 있습니다. 주로 식당이 어떤 취지로 운영되는지 잘 모른 채, 그저 '삼천 원짜리 김치찌개집' 정도로 인지해 찾아오는 손님들이 기억에 많이 남곤 하죠.

2018년 즈음에 자주 찾아주었던 할머니 손님이 기억납니다. 다리가 불편해 지팡이를 짚고 시장을 건너 가파른 계단을 비틀비틀 올라 식사를 하고 가곤 했죠. 청년밥상 문간에 와본 사람들은 알겠지만 계단이 보통 가파른 게 아닙니다. 그 계단을 불편한 다리로 지팡이에 의지해 올라왔으니 얼마나 힘들었을까요. 원래 문간은 메인 메뉴 서빙을 제외한 모든 것을 손님이 직접 챙기는 '셀프 서비스'로 운영됩니다. 그러나 할머님이 가쁜 숨을 몰아쉬고 신음하며 올라오면 즉시 모든 걸 테이블에 세팅해 주었습니다. 저뿐만 아니라 봉사자 청년들도 마찬가지였습니다. 그게 인지상정이라 생각했죠.

그러나 할머님은, 물론 어르신이기 때문에 당연하다고 생각했을 수 있겠지만, 일하는 봉사자 청년들에게 언제나 반말을 일삼았습니다. 흔히 어른들에게 기대하는 따뜻하고 애정 어린 반말이 아니라 명령조로 외쳤죠.

"야! 숟가락 좀 갖고 와!"

"물 줘, 물!"

"뭐가 이렇게 늦어, 야!"

이런 식이었습니다.

봉사자 청년들은 정말 오랫동안 꾹 참고 할머님의 시중을 들었습니다. '좋은 마음으로 봉사하러 왔으니 욱하는 마음을 누르자'라는 생각으로 인내했을 터입니다. 아마 청년들이 꾸준히 시중을 들었기 때문에 할머님 역시도 지치지 않고 식당을 찾았을 테지요.

그러나 곪아버린 갈등은 결국 터지고 말았습니다. 제가 일 때문에 후배 수사님에게 카운터를 맡기고 잠시 매장을 비운 사이 벌어진 일이었죠. 평소처럼 소리를 치며 이거 대령해라, 저거 가져와라, 손가락질을 하는 할머님에게 어느 청년 봉사자가 참지 못하고 본심을 드러내고 만 것입니다.

"손님, 죄송한데 반말은 하지 말아주세요."

분명 그 청년도 알았을 터입니다. 그런 말 하나로 행동을 돌아볼 사람이었다면 애초에 무례한 손님이 되지도 않았을 거라는 사실을 말입니다. 그래도 그 청년은 참을 수 없었던 거죠.

어떤 일이 일어났을지 상상이 가요? 심한 욕설이 섞인 고성이 퍼지고, 식사하던 다른 손님들은 깜짝 놀라고, 생각보다 더 큰 반발에 부딪힌 청년의 얼굴은 분노와 수치심으로 벌게지고… 후배 수사님이 급히 테이블에 가서 "죄송한데 할머님, 다른 손님들도 계시니 목소리를 조금만 낮춰주세요"라고 말했지만 더 야단법석이 일어나고 말았습니다.

소란이 가라앉지 않자 결국 후배 수사님은 경찰을 부를 수밖에 없었습니다. 나중에 그 이야기를 아주 조심스럽게 하기에 저는 대답했죠. 잘하셨다고요. 저는 평소에 직원과 봉사자들에게 "손님에게 최대한의 친절을 베푸시되, 안하무인인 분 앞에선 웃을 필요가 없습니다"라고 말하곤 하기 때문입니다. 저희도 사람이고, 존중받을 자격과 가치가 있으니까요. 특히 선량한 이타심으로 자기 시간을 들여 봉사하러 온 청년들의 마음이 누군가의 돌팔매질로 무너지는 것은 제가 용납할 수 없습니다.

할머님은 뜻밖에도 나중에 사과하러 왔습니다. "할머니, 다음에 또 식사하러 오세요." 그 이후에는 한 번도 식당에 오지 않았습니다. 가끔 숨 돌리며 창밖을 내다보면 지팡이 짚고 정릉시장을 가로지르는 모습이 눈에 띄기도 합니다. 그럴 때마다, 이젠 어디서 식사를 하실까, 안타까움이 섞인 궁금증이 듭니다.

○

'술부심'이 있는 나라여서일까요. 식당에서는 주류를 일절 팔지 않는데도 술과 관련된 일화들이 생겨나곤 합니다. 영업 초창기에는 없는 술을 찾는 손님이 부지기수고, 다른 곳에서 술을 잔뜩 마신 후 마감 준비가 한창인 식당에 올라와 숙면을 취한 단골손님도 있었죠(결국 이때에도 경찰을 불러야 했습니다). 그중에서도 가장 기억에 남는 건 자타가 공인하는 정릉천의 터줏대감들이 식당의 테이블을 대거 점유하고 식사했던 날의 일입니다.

예닐곱 명 정도 됩니다. 대체로 온종일 얼근하게 취해 있습니다. 방금 해 뜬 아침이라고 해서 예외는 아닙니다. 주로 식당 옆에 있는 다리에 자리를 마련하고 앉아 술을 마십니다. 언제나 약주를 즐기기 때문에 목소리의 데시벨은 한껏 높아져 가고 몸짓이 과격해지기도 하죠. 멱살 잡고, 주먹을 휘두르고, 서로의 머리카락을 뜯으며 천변 흙바닥을 뒹구는 때도 잦습니다. 너무 당연하고 익숙한 일이라 다른 일행들은 말리지도 않고 싸움 구경을 하죠. 상인들도 마찬가지입니다. 참다 참다 너무 시끄러우면 경찰에 신고하지만, 사실 경찰도 이 사람들과는… 구면입니다. 그러니 경찰차가 오면 잠시 조용해졌다가 다음 날에는 여전히 똑같아지는 거죠.

언젠가는 이런 적도 있었습니다. 유세차가 여럿 돌아다니는 선거철이었습니다. 어느 유세차가 하필이면 정릉천에, 이들의 사교 장소인 바로 그 다리 앞에 멈춰 섰습니다. 후보가 목소리를 높여 연설을 하고, 곧 스피커를 통해 쿵쿵거리며 신나는 유세용 음악이 흘러나오기 시작했죠. 그리고 가장 흥이 많은 한 여성이 일어나 음악에 맞춰 춤을 추었죠. 저는 식당 창문을 통해 그 광경을 보며 "아이쿠 이런…"이라고 익숙한 감탄사를 내뱉고 있었습니다.

아래에서 홀로 춤을 추던 그가 갑자기 유세차 위로 난입한 건 그때였습니다. 선거 유세자들이 당황해 말릴 새도 없었죠. 어찌나 빠르게 후보의 몸을 잡아채던지! 그러고는 그 후보의 몸을 이리저리 흔들며 함께 춤을 추는 겁니다. 터줏대감님들 사이에선 폭소가 터지고, 유세자들은 어찌할 바를 모르고, 후보의 몸은 얼빠진 표정으로 조종당하는 마리오네트처럼 삐걱삐걱 박자에 맞춰 움직였죠. 창문으로 구경하던 저도 그만 웃음을 터뜨릴 수밖에 없었습니다.

청년밥상 문간을 점령했던 날도 있습니다. 저녁 시간대였는데 찌개를 시키더니 너무도 당연하다는 듯 술을 찾는 겁니다. 술을 팔지 않는다고 했더니 너무나 태연하게 한 사람이 휘적휘적 밖에 나가서 소주 몇 병을 사 왔죠. 말린다고 말려질 일인가요. 손님이니 강제로 끌어낼 수도 없었습니다. 물컵에 담겨 있던 물을 원샷하더니 거기에 소주를 따라 마시기 시작했죠. 삼천 원짜리 찌개를 안주 삼아서 말입니다.

그러더니 아니나 다를까, 곧 취기 어린 싸움이 벌어졌습니다. 그날따라 매장에 손님이 정말 많았죠. 대부분이 청년이었는데, 그런 모습을 가감 없이 보여주자니 카운터에 서 있는 저도 난감하기 그지없었습니다. 마감 시간이라도 가까웠으면 좋으련만 야속한 시계는 움직일 줄 모르고…. 급기야는 감정이 격해진 한 사람이 수저며 컵을 찌개가 끓고 있는 냄비에 패대기치고는 나가버렸죠. 사방에 온통 김치찌개 국물이 튀어 난장판이 된 겁니다. 그가 식당을 나가자 한 사람, 또 한 사람… 꼬리에 꼬리를 물고 식당을 나가버렸죠(저는 찌개값을 받지 못할 각오를 하고 있었는데, 마지막에 나가신 손님이 계산은 다 했습니다).

나중에 듣자 하니 그 일 때문에 정릉시장의 상인들에게 호

1부 외로운 사람들이 모이는 곳

되게 혼이 난 모양입니다. "저 식당이 얼마나 좋은 일을 하고 있는데 거기까지 가서 감히 행패를 부려? 이 한심한 작자들!" 하는 식으로 말입니다. 너무 야단을 맞아서인지, 아니면 그저 술을 팔지 않기 때문인지, 식당에 다시 식사하러 오는 일은 없습니다. 여전히 바로 옆의 다리에서 매일같이 술을 마시지만요.

그러나 저는 오늘도 그들이 둘러앉은 모습을 보며 이런 생각을 하곤 합니다. 시끄럽다고, 무능하다고, 한심한 알코올 중독자라고, 장사에 지장 끼친다고 손가락질당하고 외면받지만 서로를 이해해 주는 건 서로밖에 없구나, 그래서 결국엔 저들이 서로의 친구이자 가족이겠구나. 그래서 매일같이 싸우고 얼굴에 손톱으로 할퀸 자국이 가득해도, 아무렇지 않다는 듯 다음 날 다시 만나고 다시 술잔을 기울이고 다시 서로의 아픔을 드러내는구나. 세상 사람들의 멸시로 말미암은 상처를 그들은 자신들끼리 약속된 상호작용을 통해 치유하는지도 모르겠다….

이리저리 이해하려 노력하다 보면, 수없이 다양한 모양의 삶을 저처럼 미숙한 인간 하나가 어찌 다 평가할 수 있을까 하는 마음이 듭니다. 그러면서 그들이 내일은 오늘보다 조금이라도 더 따뜻한 위안을 찾기를 바라게 되죠. 앞에서도 비슷한 이야기를 썼지만, 아마 수도원에만 있었다면 정릉천의 터줏대감님 같은 사람들의 존재를 알지 못했을 거고, 그랬다면 저는 지금보다 좁고 얕은 세상에 살고 있었을 것입니다.

그러니 정릉천의 터줏대감님들이 저에게 큰 가르침을 준 셈이죠.

○

식당에서 일을 하면 할수록 사람과 삶을 여러 각도로 바라보게 됩니다. 어제는 이 방향으로, 오늘은 요런 식으로, 내일은 아마 저쪽에서 고개를 꼬고 비스듬히…. 그렇게 하나하나 마음에 새기다 보면 저도 언젠가는 이야깃거리가 풍성한 만화를 그릴 수 있게 되지 않을까요. 사람 냄새와 김치찌개 냄새가 섞여 나는 만화를 말입니다. 아직도 그런 공상을 마음 깊숙이 품고 산다니 사람들이 얼마나 웃을지 조금 걱정되기도 합니다. 뭐, 꿈을 꾸는 건 자유니까요.

좋은 어른
되기

김치찌개집을 운영하면서 저 자신이 팔자에도 없는 '고용주'라는 위치에 올랐음을 똑똑히 자각해야 될 때가 자주 생깁니다. 그러면 스스로를 정신 차리라며 더욱 채찍질해야 하지요. 제가 제아무리 '나는 아무것도 아니고 그저 신부일 뿐인데…'라고 생각한다 하더라도 고용된 청년들에게는 그렇게 다가오지 않을 것이기 때문입니다. 고용주란 어쨌든 고용자에비해 훨씬 큰 힘을 가지고 있지요. 그래서 그만큼이나 말 한 마디 한 마디를 조심해야 합니다. 또한 더 세심하게 더 많은 선을비춰주어야 하겠지요.

최근에 문간에서 마냥 웃을 수만은 없는 해프닝 하나가 벌어졌습니다. 저를 너무나 반성하게 만든 일이기도 하고, 또 청년들이 제가 예상했던 것보다도 훨씬 각박한 형편에 몰려 있구나라고 생각하게 된 계기이기도 하지요.

문간에는 서울시의 청년 대상 일자리 창출 정책의 일환으로 지원금을 받아 고용한 두 청년이 있습니다. 직급은 '매니저'지요. 청년문간사회적협동조합과 같은 비영리 기관이 신청하면 심사를 통해 선발해, 배당된 인원에게 줄 월급의 90퍼센트를 나라에서 지급하고 10퍼센트를 저희 자금으로 충당하는 식입니다. 그렇게 뽑혀 월급을 받으며 9시부터 18시까지 일하는 것이지요.

본디 매해 순례길을 걷도록 계획하고 이미 첫 회 시행한 '청년희망로드'가 코로나의 여파로 중단될 위기에 처하자 문간에서는 장소를 옮겼습니다. 제주도 올레길이라도 걷자. 비록 청년들에게는 아주 거창해 보이지는 않을지 몰라도, 그곳을 함께 걷는 것만으로도 지금 시대에는 큰 의미가 있을 것이다. 그래서 적당한 인원의 청년을 선발한 후 저, 국장님, 그리고 두 매니저가 청년들을 인솔하기로 계획했지요. 여기까지는 문제가 없었습니다. 그런데 어느 날 청년희망로드 프로그램 기획 회의에서 국장님이 이런 말을 하는 겁니다.

"이거 한 사람당 예산이 이백만 원이나 들어가는데. 기간도

3주나 되고. 그러니 이거 가 있는 동안 매니저님들은 월급에서 제할게요."

저는 그 말을 듣고도 당연히 국장님이 농담한 것임을 알았습니다. 어떻게 그럴 수 있겠어요. 제주도든 스페인이든 아니면 천혜의 휴양지든, 자신이 선택한 3주가 아니라 업무인 것을 말입니다. 게다가 매니저들에게 줄 월급의 9할이 나라에서 나오는데 저희가 어떻게 감히 그 돈을 가지고 장난을 칠 생각을 할 수 있을까요?

그런데 어느 순간, 청년희망로드 프로그램의 기획이 진행될수록 매니저들의 표정이 점점 굳기 시작하는 겁니다. "3주 통으로 두 분이 함께 가시죠? 제주도 좋은데." 제 말에 매니저들은 이렇게 대답했지요. "아, 신부님. 아니에요. 저희가 일주일씩 나눠 가도 돼요."

저는 조금 이상하다고 생각했습니다. 분명 제주도행을 처음 계획할 땐 매니저 두 사람이 모두 함께 가고 싶다고 했었는데, 왜 갑자기 저렇게 소극적으로 반응할까…? 의아해하면서도 국장님이 한 그 말을 떠올리지 못했으니 저 역시도 반성해야 할 기성세대임이 틀림없지요.

"신부님, 재밌는 얘기 해드릴까요?"

청년희망로드의 세부 계획이 결정되고 며칠 후, 국장님이 갑자기 저에게 말했습니다.

"우리 매니저들이 청년희망로드 나눠 가겠다고 했던 거 기억하세요?"

"예, 기억하지요."

"그게 왜 그랬는지 아세요?"

"아니요. 왜 그랬답니까?"

"청년희망로드 참여하면 그 기간 동안 자기 월급에서 일당 까는 줄 알고 있었답니다."

국장님을 필두로 한 우리 어른들이 해선 안 될 농담을 한 지딱 두 달 만의 일이었습니다. 그러니까 매니저들은 이 구제불능 아재들의 농담을 진심으로 받아들여 끙끙 앓다가 자기들 나름대로 피해를 가장 적게 볼 해결책을 서로 의논해 마련했던 겁니다.

저는 마구 웃었습니다. 매니저들을 불러 말했지요. "매니저님들, 저 그렇게 악덕 기업주 아닙니다. 와, 그동안 저 볼 때마다 속으로 얼마나 욕했어요? 〈유퀴즈〉 나가서는 천상 좋은 사람인 척해놓고 청년들의 고혈을 빨아먹으니 정말로 위선자 중의 위선자 같았겠네요. 아니, 아무리 그래도 그렇지요. 나랏돈인데 저희가 먹어버릴 리 있나요?"

하지만 두 매니저는 웃지 않았습니다. 그제야 저는 웃을 일이 아니라는 게 느껴졌습니다.

"그럼 은혜 씨가 영어 과외 하고 있는 것도 월급이 줄어들 거라고 생각해서인가요?"

"…네."

"그때는 월급 못 받으니까 보충해야 하잖아요."

그 말을 들으니 그만 아차 싶더군요. 내가 잘못했구나. 가슴이 너무 아파 아찔할 정도였습니다.

청년들은 그 정도로 불가능한 일이 실제로 일어날 수 있다고 믿는 겁니다. 청년희망로드는 말하자면 출장과 같은 개념인데, 출장을 간다고 회사에서 월급을 깎는다는 게 말이 되나요. 그러나 그런 어처구니없는 일도 충분히 일어날 수 있다고, 우리 사회는 그토록 비이성적인 사회라고, 그리고 어디에도 그런 불합리한 상황을 토로할 수 없다고, 어차피 고쳐지지 않을 거니 시도해도 힘만 뺄 뿐이라고 이미 청년들이 굳게 생각하고 있었던 것입니다.

'어딘가에서는 정말로 그런 일이 일어나고 있기에, 우리 청년들은 심지어 밖에서 좋은 말 하고 돌아다니는 이문수라는 사람과 함께 일하면서도 항의 한 번 할 생각을 못 했구나….'

문간을 운영하면서 나름대로 직원들에게 좋은 버팀목이 될 환경을 만들어주고 있다고, 믿을 수 있는 고용주가 되고 있다고 생각해 왔습니다. 그러나 내가 지금껏 자만하고 있었구나, 또 착각 속에서 지내고 있었구나라는 자각과 반성을 그때 했지요. 그날부터 고민해야 할 것들이 확 늘어났습니다.

저는 정말로 좋은 어른이 되고 싶습니다. 이를테면 꽃집 아저씨 같은 어른 말이지요. 비유가 아니라 진짜 '꽃집 아저씨'입니다. 제가 스물세 살이었던 시절 아르바이트를 했던 꽃집의 사장님을 닮고 싶은 겁니다. "아, 세상엔 좋은 어른도 존재하는구나"를 선명히 느낀 1년이었지요.

그때 일하던 꽃집 사장님은 지금껏 제가 본 어른들 중 가장 후한 베풂을 행할 줄 아는 사람이었습니다. 요즘 식으로 표현하면 자영업자인데, 당신도 힘들고 쪼들렸을 텐데 전혀 인색하지 않고 저와 같이 일하던 형을 살뜰하게 챙겨주었지요. 흔히 말하는 '호인'이었습니다. 인자하고 너그러우며 항상 뭐라도 더 베풀어주려 세세히 살펴주었지요.

부부는 서로 닮는다고 하던가요. 사모님도 마찬가지였습니다. 꽃집에 나와 일을 거들 때마다 직접 따뜻한 집밥을 해주었는데 아직도 사모님의 칼국수와 수제비의 모양과 맛이 기억납니다.

사실 칼국수와 수제비 모두 제가 그다지 좋아하지 않는 음식입니다. 그러나 그의 음식은 달랐지요. 다양한 채소를 갈아 즙

자기 말에 책임을 질 수 있는 사람이 어른이지 않을까.

을 내어 밀가루 반죽에 넣었기에 국수도 수제비도 형형색색이었지요. 저로서는 정말 처음 보는 모양새였고, 그다지 좋아하지 않는 음식임에도 불구하고 그 칼국수와 수제비만은 정말로 맛나게 많이 먹었던 기억이 납니다. 정성의 맛이죠. "아, 국수를 이렇게도 만들 수 있다니…." 엄청난 정성이 들어간 음식을 언제 그만둘지도 모르는 젊은 아르바이트생들을 위해 뚝딱 해준 그 마음을 꿀떡꿀떡 먹으며 지금의 어른이 되어간 겁니다.

사실 꽃집 아르바이트를 할 때까지만 해도 어른이라는 집단에 대해 몹시 냉소적이었습니다. 세상에 엉터리 같은 어른이 너무나 많았기에 아무도 믿지 않았고, 세상은 그저 혹독한 정글과 다름없다고 여길 정도였지요. 그러나 꽃집 사장님 부부를 만나면서 그런 생각을 버리고 저런 어른이 되고 싶다는 마음을 품게 된 것입니다.

그런 어른이 되는 게 마음처럼 쉬운 일이 아니라는 것을 이번에 다시 한번 깨달은 것이지요. 아, '이 정도면 됐어, 충분히 잘 해줬어'라고 생각하면 안 되겠구나. 청년들이 어떤 면에서 나를 어려워할지, 어쩔 수 없이 흘러간 세월을 겪어낸 기성세대로서 함부로 말하거나 행동하는 버릇이 있는지, 청년들의 표정을 어떻게 하면 조금 더 잘 읽어낼 수 있을지 계속 생각하고 고민해야겠구나. 나를 돌아봐야겠구나. 그래야만 좋은 어른이 되는 거구나. 이미 청년들은 나이 든 내게 본심을 솔직히 드러내려 하지 않는구나. 그러니 내가 더 시야를 틔울 수밖에 없겠구나…. 그런 다짐을 스스로에게 하는 겁니다. 아마 이제는 나이가 들어 기억력이 점점 줄어들고 있으니, 아침에 일어날 때마다 거듭 다시 해야 할지도 모릅니다.

○

꽃집 사장님과는 25년이 지난 지금까지도 연락합니다. 제가 아르바이트할 때 아주 어렸던 사장님의 아이들도 커서 결혼을 했지요. 물론 저도 하객으로 참석했습니다. 그리고 이제는 그 사장님과 소주 한잔하며 조용히 말하는 상상을 하죠.

저도 사장님을 닮을 수 있을까요? 채소즙을 섞은 형형색색의 수제비는 못 만들더라도 뜨끈한 김치찌개 한 상은 차려주고 있는데. 그 정도면 될 거라고 생각했는데, 사장님 아직도 저는 갈 길이 먼 것 같습니다. 제가 더 잘 해야겠군요.

삶 뒤에는
늘 사람이 있다

모든 것에는
유통기한이 있다

'모든 것에는 유통기한이 있다.'

미리 말하고 시작하자면, 제 머릿속에서 나온 문장은 아닙니다. 다만 저 단 한 문장을 귀로 직접 듣기 전까지는 생각지 못했던 저의 부끄러운 모습을 단번에 깨닫게 만들었기 때문에 제게는 '인생을 바꾼 문장'이라고 말할 수도 있겠지요. 삶에서는 아주 작은 물방울이 물보라 같은 깨달음을 몰고 오는 일이 일어나곤 하는데 이 일도 그중 하나입니다.

그 전에 먼저 제 진짜 소개를 좀 하면 어떨까 합니다.

이문수라는 사람은 사실 천성이 느긋하고 일을 뒤로 미루기가 다반사입니다. 성실하지 않을 때도 많죠. 아마 '청년밥상 문간 대표'라고 매스컴에 소개된 모습을 보고 일종의 큰 기대감을 가진 채 저를 만난 사람들은 "뭐야? 왜 저렇게 헐렁해?"라고 생각하며 실망할지도 모르겠습니다. 저로서는 굉장히 죄송스러울 따름이지만, 고치려고 마음먹어도 타고난 성격을 바꾼다는 게 말처럼 쉬운 일만은 아니더라고요.

한 예를 들어볼까요. 오래 본 친구들이 있는데, 그 친구들이 저더러 '문수는 항상 늦는 사람'이라고 농담 섞인 핀잔을 놓곤 하지요. "6시에 대학로에서 보자!"라고 약속하면 항상 6시 10분에 도착한다는 겁니다. 그러니 약속이 있을 때마다 항상 친구들에게서 연락이 옵니다. "야, 출발했냐? 아직 안 했지? 그럴 줄 알았어!"라는 식으로 말이죠. 저도 그간 지은 죄가 있으니 차마 부정은 할 수 없습니다. 요샌 그 친구들이 저보다 더 늦는 것 같아서 억울한 마음도 들긴 하지만….

핑계를 대자면 제 삶에는 '머피의 법칙'이 유독 잘 적용되는 것 같습니다. 6시에 약속이 있다고 하면 5시부터 그 약속에 대해 생각해요. '5시 40분에 나가면 제시간에 도착할 수 있겠네. 뭔가 중요한 일을 하기에 남은 40분은 너무 짧아. 그러면 그때까지 커피 한 잔 마시고 TV를 좀 봐야지. 그리고 시간 맞춰 나가는 거야.' 그런 식으로 계속 시간을 확인하죠.

그러나 이상하게도 꼭 그 시간쯤 되면 누군가 저를 찾습니다. 예컨대 다른 신부님이 "신부님! 여쭤보고 싶은 게 있는데요…"라고 저를 부르는 거죠. 그리고 그런 용건도 하필이면 미룰 수 없는 유형입니다. 저를 간곡히 부르는 사람이 저의 손목을 잡았는데 약속이 있다며 그 손을 팽개칠 수는 없으니 일단은 그 사람의 말에 귀를 기울이는 거죠. 그러다 보면 어느새 5시 50분이 되고, 헐레벌떡 나가도 10분을 늦어버리는 겁니다.

물론 아주 구차한 변명입니다. 친구들이 들으면 콧방귀를 뀌겠네요.

그러나 언제부턴가 저는 5시 40분이 아니라 5시 30분에 신발을 꿰어 신기 시작했습니다. 그러면 중간에 다른 사람이 저를 붙잡아도 마음에 여유가 생기지요. 10분을 그에게 온전히 쏟아도 늦지 않고 제시간에 도착할 수 있기 때문입니다. 물론 조금만 긴장을 늦춰도 자꾸만 시간에 임박해 무언가를 하려던 옛 습관이 불쑥불쑥 튀어나오고는 하지만, 옛날과 비교하면 '환골탈태'라 할 수 있죠.

아직도 옛날의 저를 떠올리며 '지각쟁이 이문수'라고 손가락질하는 친구들이 야속할 정도입니다. 역시 첫 단추를 잘 꿰어야 하는 모양입니다.

느긋하고 급한 게 없는 제가 이렇게 삶의 사소한 순간에서조차 조금 더 빠릿빠릿하게 움직일 수 있게끔 만든 계기가 있습니다. 그러려면 일단 시계를 2014년으로 돌려야 하죠.

○

2014년 저는 전라남도 나주시 남평읍에 있는 글라렛선교수
도회의 분원에서 생활했습니다. 거처를 그곳에 두고 서울, 인
천, 여수, 광주 등지를 오가면서 수도회의 후원 담당으로 활동
하고 있었죠.

가톨릭 수도회는 후원금을 통해 활동의 상당 부분을 영위합
니다. 그러니 제가 그 당시 수도회를 위해 상당히 중요한 일을
맡았던 셈이죠. 짐작하겠지만 사실 쉬운 일은 아닙니다. 특히
규모가 큰 성당일수록 까다롭습니다. 각종 수도회에서 후원
요청이 워낙 많이 들어오니까 해당 성당에서 후원금을 모금할
수 있는 수도회를 까다로운 조건으로 선별하곤 합니다. 신자
님들의 마음만 믿고서 무턱대고 "저희 수도회를 후원해 주십
시오" 하고 찾아갈 수 없는 노릇이죠.

그런데 2014년 봄, 광주에 위치한 아주 큰 성당에 다니던 자
매님이 전국을 돌아다니며 후원금을 모금하던 제게 이렇게 말
하는 겁니다.

"저희 성당에 모금하러 오시죠. 본당 신부님께서 모금하러

오시는 분들에게 너그러우시거든요."

지금 돌이켜 보면 굉장한 기회였습니다. 제가 요청한 것도 아니고 자매님이 먼저 말한 것도, 그 성당이 아주 크고 신자님이 많은 곳이라는 것도 굉장히 감사해야 할 일이었죠. 그런데 제가 미루는 천성 때문에 그 기회를 두 손에서 놓치고 말았습니다.

수도회에서 후원금을 걷는다는 건 모금함만 달랑 들고 가서 외치는 행위가 아닙니다. 저희가 본 우리 사회의 아픈 곳이 어느 지점인지, 그곳을 치유하고 또 새싹을 틔워내기 위해 어떤 일을 새로이 준비하고 있는지, 그 일을 통해 어떤 성과를 내고 싶은지 신자님에게 설명하고 설득하며 마음을 움직이는 행위입니다. 그러니 준비해야 할 것이 많죠. 이를테면 리플릿이나 프레젠테이션 같은 자료들을 꾸려야 합니다.

하필 저는 스페인으로 유학을 갔다가 실패하고 그 전해에 돌아와 체력적으로도 심리적으로도 완전히 방전된 상태였습니다. 파김치가 된 상태에서 그 큰 성당의 신자님들을 만나려니 엄두가 나지 않는 겁니다. 그래서 저는 '급한 일이 아니야'라며 '일단은 더 급한 일들을 먼저 해결하고, 나중에 생각하자, 나중에'라고 생각했습니다. 마음 써준 자매님이 저를 볼 때마다 "언제 오세요?"라고 묻는데, 저는 속에 부채감만 쌓여가는 채로 계속 미루기만 했습니다. "가야죠, 자매님"이라고 말만 하면서 말입니다. 그렇게 3월, 4월, 5월, 6월, 7월…. 말로만 몇 번을 갔는지 모릅니다.

그리고 그해 여름, 전라도 시골에서 올라온 어느 신부님이 성당을 짓기 위해 그 큰 성당에서 모금을 하고 갔습니다. 무려 1억 원이 넘는 기금이었지죠. 그 자매님은 저에게 그러한 사실을 알려주면서 빨리 모금을 하라고 채근했습니다. 저는 그제야 아차 하는 마음으로 본당 신부님에게 연락했는데 "가브리엘 신부님, 올해는 이제 후원 요청을 받지 않으려 합니다. 신자님들이 이번에 워낙 큰 금액을 모아주셔서 아무래도 부담이 되시지 않을까 싶어서요. 이해해 주시면 감사하겠습니다" 하더군요.

솔직해지자면 그때가 되어서도 기회를 놓쳤다는 생각을 하지 못했습니다. 분명 게으름 때문에 잃은 것임에도 '아, 그렇지, 신자들께서 부담을 느끼시니까…'라고 너무도 손쉽게 내려놓았습니다. 그러고는 무려 2년 동안이나 그 일을 잊고 살았습니다.

2부 삶 뒤에는 늘 사람이 있다

○

2년 후 청년들을 위한 식당을 열자는 계획을 실제로 진행하면서 저는 여러 CEO의 강연을 들으러 다녔습니다. 아무래도 성공한 경영자들의 이야기를 통해 막막한 마음과 쌓여가는 걱정을 조금이라도 달랠 팁을 얻고자 하는 마음이 강했죠. 그렇게 여러 강연장을 전전하던 중에 어느 CEO의 강의에서 바로 이 문장을 듣게 된 겁니다.

"모든 것에는 유통기한이 있습니다."

그가 식재료를 유통하는 일을 하고 있었기에, 자신의 생활과 완전히 밀착된 이토록 멋진 비유가 나왔을 터입니다.

"한 청년 사업가가 제게 좋은 아이템이 있다며 다가온 적이 있습니다. 대략적인 설명을 들어보자고 했더니 쭈뼛대며 말하더군요. 아직 완벽히 준비가 되지 않았으니 제 앞에 선보일 정도가 되면 그때 찾아뵙겠다고요. 저는 그러지 말고 지금 당장, 다듬어지지 않고 세련되지 않아도 좋으니 제게 그 생생한 아이디어를 당당히 보여달라고 말했죠. 그러나 청년은 끝까지 부끄러워하며 보이지 않았습니다. 그래서 제가 마지막에 일단락했죠. 모든 것에는 유통기한이 있습니다. 제아무리 반짝이는 생각이라도 제때를 놓치면 쓰지도 못하고 버려야 하는 쓰레기

와 같을 뿐입니다. 당신이 준비를 갖춘 후에 저를 찾아온다고 해도 저는 당신을 만나지 않겠다고 말이죠."

그 말을 듣는 순간 갑자기 2014년의 모습이 뇌리를 스쳐 지나가면서, 저는 불같은 부끄러움에 휩싸였습니다.

저를 가장 부끄럽게 했던 것은, 실은 그 기회를 놓쳤다는 사실이 아닙니다. 기회를 놓친 것이 마땅히 부끄러워해야 할 일이었음에도 2년이 지난 그때까지 부끄러워할 생각조차 하지 못하고 있었다는 사실이 창피했습니다. 자신을 돌아보고 반성하지 못했던 것이니까요. '뭐, 다음에 하면 되겠지'라는 마음으로 넘겼으면서도 그게 잘못되었다는 자각을 하지 못했던 것이니까요.

마땅히 부끄러워해야 할 일에 부끄러운 줄 몰랐던 제가 부끄러웠던 겁니다.

그 강연을 들은 후 저는 어디선가 새로운 제안이 들어올 때마다 "모든 것에는 유통기한이 있어!"라고 스스로에게 주문처럼 말하곤 합니다. 이전 같았으면 주저하다 슬그머니 손가락 사이로 새어 나가게 내버려 두었을 일들도 큰마음 먹고 움켜쥐곤 하죠. 각종 매스컴과 인터뷰를 하는 것도, TV 프로그램에 출연하는 것도, 옛날의 나태한 저였다면 유통기한이 지날 때까지 찬장이나 냉장고 어딘가에 처박아 놓고 잊어버렸을 일입니다. 그러나 그 말 한마디 덕에 저는 잊지 않고 곧바로 재료를 손질해 끓는 물에 집어넣고 양념을 얹어 누군가를 배부르게 할 한 그릇을 만들어낼 수 있게 되었지요. 배고픈 누군가가 찾아오고 나서야 허둥지둥 찬장과 냉장고를 확인하곤 썩어 문드러진 재료를 꺼내놓고 그제야 후회하는 사람이 되지 않기 위해 이제는 더 용기를 내고 몸을 움직이고 있는 겁니다. 예전의 저, 타고난 대로의 제가 갇혀 있던 껍데기를 조금씩 깨면서 말입니다.

어쩌면 이 책을 쓰기 시작한 것도 저 한 줄의 문장 덕일지 모릅니다.

꾸준히 오래
헤엄치기

"그런데 과학이 이토록 발달한 요즘 시대에도 종교를 믿나요? 정말로 성경에 쓰인 그걸 다 믿는 거예요? 만일 믿지 않는다면 종교를 가져서는 안 되겠죠? 아니, 사람이 종교를 가지면 대체 뭐에 좋아요? 좋은 게 있나요?"

성직자인 저에게는 이렇게까지 묻는 사람이 없지만 종교를 가지신 신자님들은 아마 한 번씩은 이런 유의 질문을 온라인에서든 오프라인에서든 받은 적이 있을지 모릅니다. 이 글은 이런 질문을 하는 사람들에게 드리는 답입니다. 신의 존재와 관련 없이 그저 신앙을 가진 사람에게 종교가 어떤 영향을 미칠 수 있을지에 대한 이야기죠.

'종교'란 단적으로 말해 자신을 돌아보고 '성찰'할 수 있게끔 해주는 매개입니다.

종교를 가진 사람들은 바쁜 일과 중에도 귀중한 시간을 내어 교회를 가서 예배를 드리거나, 성당에서 미사를 참여하거나, 절에서 스님의 법문을 듣지요. 그러고는 혼자서 눈을 감고 누군가는 믿지 않는 신이라는 존재에게 기도를 드리기도 합니다. 이 모든 일은 절대 생각 없이 그냥 이루어질 수 없습니다. 두 가지 행위를 자연스레 수반하죠. 첫째, 자신의 내면을 돌아봅니다. 둘째, 자신의 내면을 의식적으로 변화시킵니다. 내 안에 무엇이 있는지 들여다보고 좀 더 나은 방향으로 다시 생각하도록 노력하는 것입니다. 마치 매일 거울을 통해 자신의 얼굴을 들여다보는 것과 같습니다. 머리도 빗고 로션도 바르고. 거울을 보고 '나'를 비춰 보는 거죠. 나는 어떤 사람인가, 어떤 상태인가.

저는 무릇 사람이라면 이렇게 자신을 살펴보는 행위가 매우 정기적으로 꾸준히 이뤄져야만 한다고 생각합니다. 마음의 건강은 몸의 건강과 똑같습니다. 운동을 하지 않으면 몸은 쉽게 굳어지고 노화되죠. 하지만 하다못해 간단한 스트레칭이라도 꾸준히 한다면 유연성이 굉장히 좋아집니다. 유연성이 좋아지면 근육이나 관절을 자칫 다칠 수 있는 위험한 상황에서 부상당할 확률이 적어지죠.

몸은 시간이 지나면 자연스럽게 늙어갑니다. 없던 주름도 생기고 뻣뻣해지죠. 그러나 평소에 운동을 하면 노화는 조금씩 늦춰집니다. 특히 제가 겪어보니 나이 앞자리에 4가 붙는 순간 유연성과 탄력성이 현격하게 떨어지는 것 같더군요. 슬프지만 그때부터는 기를 쓰고 운동해야 합니다. 아무리 그전에는 게을리했더라도 말이죠.

마음도 똑같습니다. 마음에도 운동이 필요하지요. 그리고 마음 역시 40대가 되는 순간 딱딱하게 굳어버립니다. 타인을 인정하거나 이해하고 싶지 않아 하고 자기가 살아오며 쌓은 편협한 시각에만 머무르려 하죠. 젊은 사람은 몸처럼 마음도 말랑해서, 조금만 운동해도 큰 효과를 봅니다. 그러나 나이가 들수록 운동 효과가 더뎌지지요. 그러므로 더욱 꾸준한 노력의 습관이 필요합니다.

마음의 운동이 바로 성찰입니다. 저는 경각심을 주기 위해 조금 센 단어를 사용하기도 합니다. 바로 '괴물'이라는 단어요. 성찰을 하지 않으면 마음이 굳어버립니다. 마음이 굳으면 그 순간부터 그는 사람이 아니라 '괴물'이 됩니다. 특히 종교인들은 사람들에게 주는 영향력이 크기 때문에 마음의 운동을 절대 놓지 않아야 하는데도, 그것을 등한시하는 바람에 자기 생각에 꽉 갇혀버린 사람이 왕왕 있습니다. 특히 젊을 때는 하늘에서 내려주었다는 생각이 들 정도로 선하고 유연했던 종교인들이 나이가 먹으며 괴물이 되는 안타까운 경우도 많죠. 성찰을 중단했기 때문에 마음에 노화가 온 것입니다. 스님, 목사, 수도자와 신부, 수녀들. 그들에게는 분명 규칙적으로 성찰할 수 있는 여건까지 마련되어 있습니다. 그럼에도 불구하고 괴물이 되었다는 것은 어느 때부터 성찰을 멈추고 안주했다는, 너무나 서글프기 그지없는 일입니다.

종교를 갖지 않아도 당연히 꾸준한 성찰을 할 수 있습니다. 명상을 한다든지, 혹은 일기를 쓰는 행위도 너무나 훌륭한 성찰의 방식이지요. 일기를 쓰려면 '나'를 돌아봐야 합니다. 사건, 감정, 생각. 그런 것들을 돌아보는 행동이 양질의 성찰이 되죠. 그걸 통해서 다짐이나 결심을 새로이 할 수도 있고요.

저는 신자들에게 이러한 성찰을 일주일에 한 번만 해도 충분하다고 자주 말합니다. 일주일에 한 번만 해도 '베스트'이고, 못해도 한 달에 한 번은 하라고 당부하지요. 물론 저와 같은 종교인들은 매일 게을리하지 않아야 합니다만. 중요한 것은 빈도수보다는 '놓지 않음'입니다. 절대 중단하지 않고 꾸준히 성찰할 것. 그러면 으레 이런 질문을 받곤 하지요.

"언제까지 해야 하는데요?"

제 대답은 이렇습니다.

"죽을 때까지 하셔야 합니다."

"예? 죽을 때까지요? 어떻게 그래요!"

"돌아가실 때까지 밥 쭉 드실 거잖아요?"

"네."

"그렇게 생각하시면 되죠. 거창하게 생각하고 부담을 가지는 게 아니라 살기 위해 반드시 해야 하는 필수적인 습관으로 만들면 되는 일입니다."

그렇습니다. 누구나 삶을 살고 사람들을 만나다 보면 "저분이 참 좋은 분이었는데 왜 저렇게 되었을까?"라는 생각이 살며시 드는 안타까운 때가 있을 겁니다. 이유는 간단하죠. 어느 순간 성찰을 중단했기 때문입니다. 성찰에는 절대 끝이 없습니다. 끝이 있어서도 안 되고요.

내 생각은 어떤가.

내 마음은 어떤가.

흔히 사람들은 '성찰'과 '반성'을 헷갈리곤 하지만 저는 반성이란 단어를 쓰고 싶지는 않습니다. 반성에는 부정적인 뉘앙스가 있기 때문이지요. 성찰은 자신의 잘못을 찾으라는 뜻이 아닙니다. 그저 내가 지금 어떤 마음인지, 어떤 생각으로 살고 있는지 거울에 직접 모습을 비춰 알아내는 것입니다.

계속 자신을 돌아본다면 삶을 허투루 보내지 않게 된다.

이렇게 말하는 저도 부끄럽지만, 요새는 청년밥상 문간으로 대외 활동을 워낙 많이 해야 하다 보니 매일 규칙적으로 성찰하기가 쉽지 않습니다. 오히려 신학생 시절에 훨씬 잘했지요. 일과가 정해져 있었으니까요. 예컨대 아침에는 "오늘 하루를 어떻게 보낼까?", "사랑을 이웃에게 보내야지", 저녁에는 "오늘 무슨 일이 있었지?", "그래, 오늘은 이런 일이 있었는데 그때 참 행복했어. 앞으로도 꾸준히 그런 일을 해야지"라는 식으로 스스로에게 묻고 답하며 거울에 저의 모습을 비춰 봤던 겁니다.

그리고 종교는 성찰의 습관을 기본으로 하여, 거기서 한발 더 나아간 적극적인 자세로 자선과 사랑을 실천하는 것입니다. 그러므로 종교에 회의적인 사람들은 종교를 믿는 신자들, 혹은 저처럼 종교에 삶을 온전히 기댄 종교인들이 이러한 자세로 삶을 살아가기 위해 신앙이란 선택지를 택했단 걸 조금은 이해해 주었으면 좋겠습니다. 물론 종교 없이 스스로 하는 성찰도 매우 훌륭한 행위이고요.

○

사실 성찰이란 단어를 천주교에서는 많이 쓰는데, 신앙이 없는 사람은 이 단어를 낯설게 느끼거나 혹은 딱딱해 보인다며 거부 반응을 일으키기도 하더군요. 그래서 저는 성찰 대신 다른 단어를 쓸 수 있을지 고민해 보았습니다. 돌아봄? 들여다봄? 한참을 고민하는데 그런 이야기를 들었지요.

"신부님, 저는 '수영'이 생각나는데요. 호수나 강처럼 야외에서 하는 수영이요. 수면에 자기 모습을 비출 수 있고, 매일의 날씨에 영향을 받기도 하고, 또 오랫동안 연습하지 않으면 퇴화되기도 하잖아요."

저는 사실 '맥주병'입니다. 두 달 정도 배운 적이 있지만 자유형도 익히지 못했지요. 지금도 가장 배우고 싶은 것 중 하나가 수영입니다. 물속에서 자유롭게 노니는 사람들이 그렇게 부러웠지요. 그래서 그 비유가 옳은지 아닌지도 생각지 않고 고개를 끄덕여 버렸습니다. 수영이면 어떻고 거울이면 어떤가요. 성찰이면 어떻고 '돌아봄'이면 또 어떤가요. 중요한 것은 적어도 일주일에 한 번은 자신이 어떤 모습을 하고 어떤 색을 띠고 있는지 곰곰이 생각해 보는 것.

그리하여 괴물이 되어버리지 않는 것.

결국 그게 가장 중요한 것이지요.

세상이라는
학교

'가톨릭 신부'와 '식당 사장'. 이 두 개의 자아는 너무나 상충합니다. 전자는 돈을 좇는 것을 죄악시하고, 후자는 어쨌거나 이윤을 극대화하는 것을 최대 목표로 삼는 데 익숙한 직업이기 때문이지요.

식당을 하겠다고 결정하고서는 '장사 잘하는 법', '돈 잘 버는 법' 같은 강의들을 의식적으로 찾아 들었습니다. 처음에는 당연히 식당이 잘되어야 그만큼 청년들에게 돌아갈 도움도 많을 테니 그러한 공부가 반드시 수반되어야 한다고 생각했기 때문이죠. 그러나 시간이 지나면서 점점 마음이 편치 않았던 것이 사실입니다.

종교에서는 돈을 경계하고 멀리합니다. 독사에 비유하기까지 하죠. 자신에게 오지 않게끔 하고, 자신 역시 가까이 다가가지 않아야 합니다. 그런데 돈 잘 버는 법이나 장사 잘하는 법, 성공하는 법 같은 걸 열심히 공부한다는 것은 너무나 이율배반적이죠. 조금 거칠게 과장해서 말하자면, 종교인으로서의 저는 그런 공부를 하며 돈에 무릎 꿇는 법을 배우는 것처럼 느꼈습니다. 그럴 정도로 저와는 상관없을 것 같은 세계, 그런 세계에 발을 들여놓게 된 것이죠.

그러나 꾹 참고 공부하면서 다시 점점 눈이 트였습니다. 아니, 마음이 열렸다고 해야 할까요. 그런 강의들에서도 분명히 배울 점이 있었습니다. 특히 식당 운영과 이윤 창출뿐만 아니라 '삶을 살아가는 방법'에 대해서도 동의할 부분들이 있었죠.

○

첫 번째는 매력의 중요성입니다. 식당의 경우 음식 자체일 수도 있고, 사장님이나 셰프가 매력적일 수도 있겠죠. 한 번 온 사람을 두세 번 더 오게 만들려면, 그리하여 단골이 되게끔 하려면 말입니다. 저는 그전에는 막연히 '식당은 음식이 맛있으면 되지!'라고 생각했는데, 그보다 더 높은 차원의 인과관계가 있었던 겁니다.

그런데 과연 음식점만 그럴까요? 사실은 교회도, 성당도, 그리고 종교인도 마찬가지입니다. 신부나 수도자들에게도 그런 매력이 있어야 합니다. 종교적 표현으로도 비슷한 어휘가 존재합니다. '그리스도의 향기를 풍긴다'는 말입니다. 신과 함께한 것 같은 느낌을 주는 사람들이 있죠. 예컨대 마더 테레사 같은 성인들이 그렇겠지요. 과거 정치권력자로서의 교황이 아니라 권력욕을 내려놓은 현대 교황님들도 그렇지요. 요한 바오로 2세, 요한 23세, 프란치스코 교황. 교인들은 이분들이 교황이기 때문이 아니라 하느님의 향기를 느낄 수 있게 하기 때문에 만나고 싶어 하지요. 이것이 바로 '매력'입니다.

일상상활에서도 마찬가지일 겁니다. 모든 사람의 일생에서도 동일하겠죠. 자신의 매력은 자신이 가꿀 수 있는 겁니다. 자기 주변의 사람은, 기회는, 그로 인한 삶은, 어쩌면 자신이 주로 만들어가는 것일지도 모르지요.

문간을 운영하지 않았더라면 전혀 몰랐을 개념도 있습니다. 바로 '돈에는 인격이 있다'는 주장이죠.

문간을 준비하던 2017년 초, 어느 강연을 들으러 갔을 때 처음 그 말을 들었습니다. "돈에도 인격이 있습니다. 돈을 귀하게 대하셔야 합니다. 함부로 대하시면 안 됩니다. 돈을 귀하게 여기고 귀하게 쓰면 돈이 나가서 친구들을 데려옵니다. '거기 좋더라' 이러면서 데려와요. 자기 혼자 오는 게 아니고 같이 옵니다. 그런데 돈을 함부로 대하면 돈이 나가서 다시는 돌아오지 않습니다."

어떻게 들으면 조금 우습기도 하지요. 돈을 인격화하는 것도 생소하고요. 그러나 생각해 보면 너무나 옳기도 합니다. 이것은 '성의'의 문제가 아닐까요. 돈을 귀하게 여기는 이가 장사를 함부로 할 리가 없습니다. 손님에게 퉁명스럽게 대할 리가 없고, 메뉴 개발을 게을리할 리가 없는 것이죠. 사람의 모든 생각과 에너지의 방향은 자신이 귀하다고 생각하는 쪽으로 맞춰져 있기 마련이니, 돈을 귀하게 여기는 이는 그만큼이나 간절하게 맡은 일을 해내겠지요. 그런 통찰이 숨겨진 우화 같은 비유였던 겁니다.

그래서 저는 문간을 운영하며 항상 되뇌곤 합니다. '돈을 인격적으로 대하자'라고 말이죠.

○

그리고 식당 운영을 위해 공부하면서 마음에 깊이 새기게 된 목표도 하나 있습니다. 바로 '지속 가능한 장사'입니다.

견디다 한 발 더 앞으로 나아갔을 때 자유로운 경험들이 늘 함께하기를.

사실 문간은 흑자를 내야 하는 식당으로만 보면 '빵점'입니다. 찌개가 저렴한 탓도 있겠고, 제 운영 능력이 부족한 탓도 있겠지요. 그래서 더욱 '지속 가능'이라는 개념에 대해 고민하는 것 같습니다. 어떻게든 식당이 자립할 수 있게 만들어야 한다는 목표 의식이 점점 강해집니다.

처음 장사를 시작할 때는 더 힘들었습니다. 저와 주방장님 이렇게 둘밖에 없었고 자본도 미천했죠. 거창하게 무언가를 할 수가 없었고, 맨땅에서 헤엄치듯 시작해야만 했습니다. 그래서 주방장 한 명에 홀서빙 하는 저 하나, 이렇게 둘만으로도 장사가 가능하도록 최소한의 형태로 식당을 정비했죠. 그러니 쉽게 지쳤습니다.

많은 고민을 했습니다. 이 식당을 2, 3년 하고 그만둘 게 아닌데 과연 어떻게 해야 아무도 지치지 않고 청년들을 위해 계속 일할 수 있을까?

후원금에 의존할 수는 없습니다. 후원이 끊기는 순간 식당 셔터를 내려야 할 테니 말이지요. 식당의 자생력을 키워야 합니다. 그러려면 적자를 면해야 하죠. 그래서 머리를 굴려 제로섬이 되는 선을 계산하고, 그 선을 넘기기 위해 발버둥을 쳤죠. 첫 주방장님도 큰 힘이 되어주었죠. 주문 일고여덟 개를 다 외우고 설거지까지 다 하면서 문간이 정말로 당신의 가게인 것처럼 발 벗고 나서서 도와주었습니다. 그가 아니었다면 문간은 지속 가능은커녕 첫해를 넘기지 못했을지도 모릅니다.

〈유퀴즈〉라는 놀라운 방송 덕에 후원자가 급증한 지금, 저는 이 에너지를 지속 가능성으로 바꾸기 위해 부지런을 떨고 있습니다. 아주 사소한 것에서 시작했죠. 예컨대 단가가 더 높은 재료를 사용하는 식이죠. 손님들은 그런 정성을 기가 막히게 알아챕니다. 햄 사리가 런천미트인지, 스팸인지. 저는 그런 사소한 디테일로 이 식당을 지속 가능한, 더 나아가 발전하는 곳으로 만들고 싶습니다.

○

사실 저는 장사를 할 재목은 아니지요. 수도원에서 먹여주고 재워준다는 '철밥통'이 없었다면 진즉에 나가떨어졌을지도 모릅니다. 그러나 유일한 장점이 있다면 아마 어느 상황에서든 배우려 노력한다는 게 아닐까요. "나는 종교인이니까 돈 이야기하는 사람들에게선 배울 게 없어!"라고 등 돌리지 않는 점 말입니다.

어느 책에서 '사람은 저마다의 그릇을 가지고 있는데, 그 그릇의 크기는 생각의 크기'라는 구절을 읽은 적이 있습니다. 저도 최대한 유연하고 넓게 생각을 가지려고 합니다. 이는 저 자신을 위한 것이 아니라 문간을 위한 것이지만, 그 생각의 흐름은 문간을 지나 다시 흐르고 흘러 제게로 돌아올 겁니다. 그러면 저는 그 물을 받을 그릇을 준비해 놓아야겠지요. 생각은 조금 더 자라고 더 양이 많아져 있을 테고, 그러면 저 역시도 성장하게 될 터입니다. 결국에는 계속해서 배우는 것이지요.

　세상으로부터 한 뼘 떨어진 종교인이라도 세상에 푹 파묻힌 사람들에게서 분명히 가르침을 받을 수 있는 겁니다. 문간을 운영해야 한다는 의무가 제게 그런 기회가 되어준 것은 확실합니다.

행복
연습

아무래도 제가 종교인이다 보니, 신앙이 없는 사람들이 가끔 이런 질문을 하고 싶을 수도 있을 것 같습니다. "신부님, 행복해지기 위한 방법을 논하시는 신부님 말씀 중 많은 부분이 종교적이라서 제게는 잘 와닿지 않습니다. 혹시 종교가 없는 사람에게도 행복에 대해 말씀해 주실 수 있을까요? 종교가 없는 사람은 어떻게 행복해지는 길을 걸을 수 있을까요?"

물론 저는 뼛속까지 종교인이기 때문에 완전히 신앙이 없는 사람처럼 조언을 할 수 있을지는 의심스럽습니다만, 그런 질문에는 이렇게 답할 수 있습니다.

"행복이란 '만족한 상태'입니다. 그러나 이 '만족한 상태'가

반드시 결핍이 0인 상황을 일컫지는 않지요."

아마도 대부분 사람은 살면서 많은 시간 동안 '불만족한 상태'일 겁니다. 불만족 혹은 결핍을 느끼기 때문에 해갈을 위해, 충족을 위해 어떤 형태로든 애를 쓰고 노력하죠. 이러한 노력이 좋은 방향으로 가면 자신의 성장을 위한 노력이 됩니다. 예를 들어 새로운 직업을 얻기 위해 공부를 할 수도 있고, 혹은 가족과의 관계를 개선하기 위해 대화를 많이 하고자 할 수도 있고요.

그러니 뒤집어 이야기하면 '만족한 상태'가 '원하는 것이 없는 상태'인 것은 결코 아닙니다. 결이 다릅니다. 원하는 게 없는 상태가 심화되면 염세주의의 근처에서 맴돌게 되지요. 제가 철학적으로 심오한 사상을 정립한 건 아니니 표현이 굉장히 엉성할 수 있지만, 사람은 '만족'과 '결핍' 사이를 오가며 균형을 찾기 위해, 몸이 어느 쪽으로도 휘청거려 넘어지지 않도록 기준점을 잘 찾아야 하는 겁니다.

저는 종교인이 되면서 '참 행복'을 알았다고 스스로 여깁니다. 그러나 분명히 원하는 것도 있고 결핍도 느낍니다. 이곳은 현실 세계이니까요. 낙원이나 파라다이스, 천국 같은 이상향이 아니기 때문이지요. 오직 천국에서만 완전히 만족한 상태로 살아갈 수 있다고 우리 종교에서는 말하지요. 그러니 현실 세계에서는 행복하더라도 결핍은 있을 수 있는 겁니다. 뒤집어 이야기하면 결핍이 있더라도 행복해하며 만족하는 사람이 분명 될 수 있다는 뜻이죠.

이 현실 세계에서 신앙을 가진 종교인으로 살면서 행복한 상태라고 자부하는 저 같은 사람일지라도 결핍을 느끼는 것은 엄연한 현실입니다. 그리고 구체적으로 파고들자면, 그 불만족인 상태를 해결하기 위해 애를 쓰고 있겠지요. 불만족스러운 부분, 결핍된 부분을 채울 때 행복을 느낄 수 있는데 완벽하게 모든 결핍을 채울 수는 없는 겁니다. 내가 원하는 모든 것을 이룰 수 있을까? 현실 세계에서 현실 인간은 절대 불가능합니다.

결국 보통의 모든 사람은 늘 어느 정도의 결핍과 불만족을 안고 살아갑니다. 그런데 그러면서도 행복을 느끼는 방법을 배우고 '연습'할 필요가 분명히 있습니다. 모든 결핍을 완벽하게 채워야만 행복하다는 생각을 버리고 욕심을 비워야 하지요. 종교에서 가르치는 것이 그런 겁니다. '연습'은 '자기 내려놓기, 비우기' 같은 것이지요.

예를 들어볼까요? 아주 크고 좋은 집을 너무나 가지고 싶어하는 사람이 있다고 해봅시다. 그걸 소유하면 너무나 행복하겠지요. 그러나 사실 덜 크고 덜 좋은 집에서도 충분히 행복할 수 있습니다. 만약 그 '큰 집'만 고집한다면 당연히 행복해지기가 어렵겠지요. 물론 모든 사람에게 '바닷가 오두막으로 만족하세요'라고 강요하는 것은 아닙니다. 그것이야말로 폭력적인 해결 방법이겠지요.

단지 결핍을 동력으로 삼되, 고집하지 말라는 것입니다. 크고 좋은 집을 얻으려 노력하는 과정에서 우리는 결론과 상관없이 행복을 얻는 능력을 가지고 있습니다. 그게 바로 인간의 특권이 아닐까요.

○

이렇게 '결핍이 있지만 그럼에도 만족하는, 그리하여 행복한 상태'가 되기 위해서 가장 피해야 할 것이 바로 타인과의 비교입니다. 아주 치명적인 맹독이지요.

그러나 슬픈 것은 '타인과의 비교'가 개개인의 탓으로 만들어진 습관이 아니라는 겁니다. 적어도 우리나라에서는 그런 것 같습니다. 거대한 우리 사회의 고착된 문화와 관습이 나약한 개인에게 너무나 많은 영향을 미치지요. 개인이 그걸 견딜 만큼 연습이 되어 있거나 가치관이 정립되어 있지 않으면 아차 하는 순간에, 혹은 알아차리지도 못한 채 비교와 경쟁의 폭풍 같은 분위기에 휩쓸려 가버리는 겁니다. 중간중간 다치기

마음의 여유를 한 뼘 더 가지면 남을 미워하지 않게 된다.

도 하고요.

사실 '열등감'이란 건 제삼자가 보기에는 정말이지 아무것도 아닙니다. 모두들 동의할 겁니다. 타인의 열등감은 얼마나 가벼워 보이는지요. 그러니 스스로가 그 무용함을, 허무함을 깨친다면 얼마나 좋을까요. 얼마나 행복하고 자유로워질까요. 이를 깨닫기 위해서도 연습이 필요하지요. 그걸 깨닫는 것은 엄청난 성장입니다. 다른 사람으로 다시 태어난다고 표현해도 무리가 없을 정도의 엄청난 성장이지요.

심지어는 저와 같은 종교인도 사회 분위기에 영향을 받아 가져서는 안 될 질투심을 가지기도 합니다. 예를 들어 똑같은 위치의 신부님이라도 어떤 신부님은 명성을 누리고 저명인사가 될 수 있지요. 대부분 신부님은 그런 일 없이(저는 '그러지 못한 채'라고 말하고 싶지 않습니다. 저명인사가 되는 것은 절대로 신부의 목표가 될 수 없기 때문이지요) 평생을 보내겠지만, 그렇다고 해서 전혀 부족한 것이 아닙니다. 얼마나 많은 신자에게 좋은 이야기를 해주고 또 삶을 바꿔주겠습니까. 그런데 사회에서 자꾸만 명성이나 지위 같은 것들을 높이 평가하다 보니 어떤 신부는 성숙해지지 못한 채 동료 신부를 질투하는 마음을 먹게 되는 겁니다. 예의 그 폭풍에 휩쓸린 거지요.

매너리즘에 빠진 기성 종교인뿐만 아니라, 수도자가 되겠다고 마음을 굳게 먹은 젊은이들이 모인 신학교에서마저 이런 일은 일어납니다. 자기 결핍, 너무 강한 인정 욕구, 주목받고 싶은 열망, 고착화된 열등감으로 인한 피해의식. 그리고 이 때문에 서로를 할퀴게 되는 아픈 장면들이 기억납니다.

결국 그러지 않으려면, 그 덫을 벗어나려면 답은 연습밖에 없지요. 맹목적인 태도를 버리는 연습, 행복해지는 연습, 버리는 연습, 내려놓고 비우는 연습. 앞서의 꼭지에서 말했던 '성찰'도 그 연습 방법 중 하나가 될 수 있을 것이고요.

○

그래도 최근에는 타인의 행복을 보고 아낌없이 기뻐해 주는 젊은이가 점점 늘어나서 다행이라는 생각을 합니다. 과거와는 확실히 달라진 경향인 것 같지요.

모두 잘 아는 예시를 하나 들어볼까요. 제가 이 이야기를 하면 사람들이 의외라고 말하며 깔깔 웃곤 하는데, 저는 그룹 BTS와 브레이브걸스의 팬입니다. 그러면 으레 그런 질문을 받곤 하죠.

"신부님 요새 젊은이들 노래도 많이 들으시나 봐요?"

아쉽지만 그렇진 않습니다. 제가 듣는 노래는 대부분 80,

90년대의 음악들이죠. 장사 잘된 날은 몰래 혼자 한 곡조 뽑기도 하지만 누가 봐도 '아저씨 감성'일 뿐입니다. 그 외에 자주 듣는 음악은 성가 정도죠. 힘을 내야만 할 때 주로 듣곤 합니다.

그런데 이런 40대 후반의 아저씨인 제가 어떻게 BTS와 브레이브걸스를 알게 되었을까요? 물론 당연히 그들이 몹시 유명해서겠지만, 제가 알 정도로 유명해진 데에는 분명히 노력으로 빛을 본 타인의 모습에 박수를 쳐주는 청년들이 있어서일 겁니다. 청년들이 세상에 그들을 알리지 않았다면 제가 어떻게 생전 모르던 아이돌 그룹의 팬을 자처할 수 있겠어요?

이런 이야기를 여기저기서 하니 누군가 가볍게 편잔처럼 말했습니다. "신부님은 맨날 입만 열면 청년 청년 청년. 지겹지도 않으세요?" 그런데 저는 정말로 그 모든 순간을 지켜보는 것이 행복이었습니다. 더 나아가 모든 청년이 살면서 한 번쯤은, 그 정도로 큰 보상은 아니더라도 그와 닮은 기쁨을 느낄 수 있으면 좋겠다고 생각했죠. 한 번이라도 보상을 받아야 그 일을 그만두더라도 행복한 기억이 남아 있을 테니 말입니다. 어떠한 시간도 무가치하고 무의미하게 보내지 않았으면 하는 마음입니다.

덧붙이자면 올림픽을 보면서도 비슷한 느낌을 받았습니다. 예전에는 전 국민이 그저 우리나라가 몇 위를 하는지에 신경을 곤두세우고, 메달을 딴 국위 선양을 한 선수에게만 박수를 쳤다면, 지금은 노력한 모습이 보이는 모든 선수에게 박수와 격려를 보내더군요. 그런 모습에서도 행복의 방법을 엿볼 수 있었습니다. 물론 아직도 이를 시기하고 질투하고 악플을 남기는 사람도 있지만, 그런 방법으로는 절대 행복해질 수 없다는 사실을 꼭 알았으면 합니다.

○

행복을 거머쥐는 것은 거창한 목표가 아닙니다. 행복하려고 연습하는 과정 자체가 행복이 될 수 있습니다. 유명한 이야기가 하나 있죠. 강기슭에 쪽배를 붙여놓곤 하염없이 놀고 있는 뱃사공을 본 어느 부자가 물었습니다.

"왜 놀고 있습니까?"

그러자 뱃사공이 대답했지요.

"손님이 없기 때문입니다."

"손님을 좀 적극적으로 모아보면 어떻겠습니까?"

"왜 그래야 합니까?"

"그러면 돈을 많이 벌 테니까요."

"돈을 벌어서 무얼 하나요?"

　　　　　　　　　2부 삶 뒤에는 늘 사람이 있다

"몸도 마음도 여유로워지고, 예를 들어 좋은 집을 살 수도 있고. 하고 싶은 걸 다 할 수 있게 되지 않나."

"그럼 선생님께서는 뭘 하고 싶으신데요?"

"느긋하게 인생을 즐기며 쉬어야지!"

그러자 뱃사공이 이렇게 반문했다고 합니다.

"선생님이 볼 땐 제가 지금 뭐 하고 있는 것 같습니까?"

○

제가 너무 장황하게 이런저런 이야기를 했을까요. 그만큼 행복한 삶으로 도달하는 길이 다양하기 때문이지 않을까요. 그 길 중 하나만 택해 찬찬히 노력해도 훨씬 빛나는 하루하루를 누리게 될 겁니다. 저의 작은 소망입니다.

나의
배경화면

제 핸드폰 배경화면은 한 남자가 환하게 웃고 있는 사진입니다. 얼굴은 동그랗고, 어린아이의 것처럼 얇고 하늘하늘한 머리는 삼분의 이쯤 세어 있죠. 그에 비해 눈썹은 아주 검고 진합니다. 쑥 들어간 눈의 주위엔 네다섯 개의 주름이 관자놀이를 향해 뻗어 있고요. 스페인 사람답게 코는 크고, 얇은 입술에는 개구쟁이 같은 웃음이 맴돌고 있습니다. 왼손을 들어 올려 오른쪽의 가슴에 대고 있는데, 손목에는 오래된 손목시계가 채워져 있지요. 몸집에 비해 손이 퍽 작기 때문에 손톱 역시 아주 작은데 그마저 몹시 짧게 잘랐습니다. 여기까지 보고 나면 그 짧은 손톱에 시선이 머물 수밖에 없습니다. 마치 봉숭아물을 방금 들인 날처럼, 손톱과 손끝의 살까지 온통 주황색으로 물들어 있지요. 흰색의 옷과 대비되어 그 주황색 손톱이 더 잘 보입니다.

이 사진을 본 사람들은 이분이 누구시냐고 제게 묻곤 하지요. 그러면 저는 '제 인생의 롤모델'이라고 답합니다. 스페인 히혼에 위치한, 제가 소속한 글라렛선교수도회의 히혼 공동체에서 주방을 담당하셨던 까를로스 수사님입니다. 지금은 세상에 계시지 않은 분이지요.

○

10여 년 전, 2009년부터 2013년까지 스페인에 유학해 공부했던 때가 있었습니다. 나름대로 큰 포부를 안고 갔으나 언어의 장벽에 너무 크게 부딪혀 고생하다 결국 목표를 이루지 못한 채 귀국하고 말았던, 제게는 아픈 기억으로 남은 시기이기도 합니다.

마드리드에 있던 글라렛선교수도회 관구 공동체에서 생활하며 교황청립 살라망카대학에서 수도생활신학 석사과정을 공부했습니다. 후원을 받고 외화를 쓰는 일이니 잘 견뎌내야 한다고 다짐에 다짐을 했는데, 본격적인 공부를 시작하기 전

어학원을 다니며 스페인어를 나름대로 익힌다고 익혔는데도 석사과정을 따라가기가 너무 벅찼습니다. 제게 어학 능력이 없는 건지, 아니면 나이가 들어 습득력이 떨어진 건지…. 한 가지 확실한 건 절대로 노력을 안 한 건 아니라는 거죠. 실은 마음이 너무나 힘들 정도로 노력했습니다. 그럼에도 쉽지 않았지요. 언어 때문에 수업의 30퍼센트도 이해하지 못하니 하루 24시간이 고역의 연속이었습니다.

한국으로 돌아오기 전 마지막 기말 시험에서 신학교 교수를 역임하는 루이스 앙헬 관구장 신부님과 구술시험을 보다가 눈물을 보이기도 했습니다. "잘했다, 애썼다, 공부하느라고. 너 잘할 수 있을 거다"라고, 수도원에서 함께 살고 있었기에 제 처지를 잘 알아서인지 위로해 주었는데 그에 마음이 움직여 왈칵 눈물을 쏟을 정도로 힘들었던 겁니다. '자격도 능력도 안 되는 내가 남의 땅에 와서 모두의 기대를 거스른 채 그저 외화 낭비, 시간 낭비만 하고 있구나' 하는 생각에 하루하루가 지옥에 있는 것과 다름없었습니다.

결국 학위를 받지 못한 채 돌아왔지만, 그 시간을 후회하거나 무가치한 시간이었다고 말할 수는 없습니다. 오히려 너무나 소중한 시간이었죠. 어쩌면 공부를 하고 학위를 따는 것보다 더 소중한 것들을 얻어왔기 때문입니다. 바로 그곳에 같이 살았던 신부님과 수사님들을 통해 배운 삶의 태도들 때문입니다. 제 배경화면의 까를로스 수사님을 포함해서 말이지요.

까를로스 수사님은 수도회 내 십여 명의 삼시 세끼를 다 책임지셨습니다. 혼자서 말입니다. 일요일은 쉰다는 개념도 없었지요. 그렇게 40년이 넘는 세월 동안 형제들을 먹인 분이셨습니다.

저는 까를로스 수사님의 생애를 알게 된 후 저 자신을 몇 번이고 돌이켜 보았습니다. 나라면 저렇게 40년을 순명할 수 있을까? 까를로스 수사님이 저렇게 오래토록 순명한 것은 절대로 위에서 명령했기 때문만은 아닙니다. 누군가 시킨다고 40년간 주방을 홀로 지킬 수 있을까요? 이 순명은 예수님을 닮기 위한 순명입니다. 그렇게밖에 이 세월을 해석할 수 없지요.

그 작은 공동체의 주방에서 40년을 보낸, 신자들은 알아주지도 않을 노동을 주방에서 매일 반복하면서도 아이처럼 웃는 까를로스 수사님도 누구 못지않은 위대한 선교사셨습니다.

○

이렇게 말하니 누군가 까를로스 수사님의 음식이 그렇게 훌륭했느냐고 묻더군요.

스페인에서의 식사들을 한번 이야기해 볼까요.

스페인에서의 아침 식사는 간단한 편입니다. 빵과 잼, 커피나 우유 등의 음료, 그리고 과일이죠. 하몽이나 햄 같은 가공 육류도 준비되어 있었으니 일반 가정집보다는 종류가 조금 다양했습니다. 저는 워낙 먹는 걸 좋아해서 빵에 잼, 치즈, 하몽, 햄, 초리소 등을 있는 대로 다 넣은 샌드위치를 만들어 먹었지요. 전자레인지에 돌린 밀크커피까지 만들어 마셨습니다.

점심시간이 되면 본격적으로 까를로스 수사님께서 준비한 음식이 나옵니다. 솔직하게 고백하자면, 수사님의 음식이 대단히 맛있거나 하진 않았습니다. 다만 혀끝에서부터 혀뿌리까지 정성이 차오르는 맛이었지요. 그러니까 이를 뭐라 표현해야 하느냐면….

이를테면 '엄마가 해준 집밥의 맛' 같은 느낌이었던 겁니다. 멋 부리지 않고 그날그날 있는 재료만을 가지고 투박하게 만들어낸 맛. 그러나 먹는 이를 사랑해 정성껏 만들었다는 것은 느껴지는, 그래서 오랜 시간이 흐른 후에 가끔가끔 생각나는 그런 맛.

제가 까를로스 수사님과 함께한 시기는 한여름이었습니다. 7월 말에서 8월 중순까지였죠. 주방이 얼마나 더웠을까요. 항상 혼자 땀을 뻘뻘 흘리면서 음식을 준비하던 마음은 엄마의 것에 비유해도 모자람이 없겠지요.

점심 메뉴는 주로 고기나 대구를 이용한 찜 혹은 양념을 얹어 구운 요리가 나왔지요. 파스타도 함께 나왔고요. 보통 '쁠라또'라 부르는 플레이트가 인당 두 개씩 주어집니다. 첫 번째 플레이트에는 샐러드가 담기죠. 스페인 스타일로, 올리브유를 적시듯 듬뿍 뿌린 후 소금을 친 샐러드입니다(저는 워낙 혈관에 해로운 음식을 좋아하는 '초딩 입맛'이라 샐러드는 먹는 시늉만 냈던 것 같습니다). 두 번째 플레이트에는 매일매일 달라지는 종류의 고기나 생선 메뉴가 담깁니다. 스테이크 스타일일 때도 있고, 얇게 썰어 구운 요리일 때도 있죠. 구운 고기가 조리하기 간단하기에 많이 등장하는 편이었습니다. 특별한 날에는 우리나라로 치면 '갈비찜' 같은 형태의 음식들이 나오기도 했고요. 스페인 사람들은 워낙 대구를 많이 먹기 때문에 대구 요리는 정말 다양한 조리법의 것들을 많이 맛볼 수 있었습니다. 거기에 항상 주어지는 기본 빵에 치즈를 발라 곁들였죠. 그리고 저는 늘 점심과 저녁 식사 때 와인을 반주로 마셨습니다.

공동체의 형제들이 다 함께 식사를 한 후에는 정리와 설거지도 모두 함께했습니다. 그게 저희가 보일 수 있는 나름의 예의였던 것 같습니다. 그래도 마지막 뒷정리는 수사님께서 다시 홀로 담당하셨지요.

상상이 되시나요? 형제들을 위해 저 모든 일을 혼자 힘으로 40여 년간 해온 분이 계시다는 사실이 말입니다.

까를로스 수사님을 예로 들었지만, 저는 스페인에서 그처럼 한자리에서 신자들은 알아주지 않는 자신의 소명을 다하는 수사님들을 참 많이 봤습니다.

어떤 신부님은 90세의 나이로 미사 때마다 오르간 반주를 했습니다. 어르신을 편히 모셔야 하는 유교 문화권의 영향력이 남아 있는 우리나라 성당에서는 상상도 할 수 없는 장면이죠. 그러나 그 신부님은 당신의 나이와는 상관없이, 누가 시키지 않아도 당신이 할 수 있는 일을 찾아 한 겁니다. 어떤 수사님은 70대인데 청소를 담당했고, 어떤 수사님은 80대였는데 세탁실을 담당해 모든 이의 옷을 다림질하고 있었죠. 저희 수도회가 설립하고 운영하던 중고등학교에서 수학 선생님이었던 70대의 한 신부님은 망가진 기계나 가구, 수도원에서 고장난 온갖 곳을 고치는 일을 했는데 공동체뿐만 아니라 여기저기 돌아다니며 도움을 주었습니다.

저는 스페인에서 그렇게 자기를 희생하는 종교인의 삶을 숱하게 목격한 겁니다. 제 눈에는 가히 혁명적이었죠. 나도 저렇게 살자. 고개 뻣뻣해지고 오만해지고 내가 뭐라도 된 듯 굴지 말자. 더 겸손하게 살자.

그게 제가 학위도 못 딴 채 면목 없이 귀국했음에도 스페인에서의 삶을 가치롭게 기억하는 이유입니다. 후배 수사님들에게도 꼭 스페인에 다녀오면 좋겠다고 입버릇처럼 이야기하고요.

○

까를로스 수사님을 떠올리면 너무나 죄송한 일이 있습니다. 이건 저의 게으르고 우유부단한 성격 탓이라고 변명할 수도 없는 일이지요.

까를로스 수사님의 낙은 지인들에게 이메일을 보내는 것이었죠. 이메일 보내는 법을 배우신 지 얼마 안 되어서 그 모든 과정이 퍽 신나셨던 겁니다. 거창한 내용이 있는 이메일도 아니었습니다. 기껏해야 대여섯 문장 정도의 짧은 내용이었죠.

히혼을 떠나 다시 마드리드로 돌아온 후에 저도 그러한 까를로스 수사님의 메일을 받았습니다. "가브리엘. 너 잘할 수 있을 거야. 공부. 기도할게." 이런 식의 아주 간단한 내용이었죠. 그런데 도저히 되지 않는 공부 때문에 몸과 마음이 온통 지친 저로서는 그 네다섯 줄의 편지에 답장하는 것조차 힘에 부쳤던 겁니다. 그 메일에 답하려면 제게 있었던 일들, 지금의 근황

선의가 선의로 돌아오지 않더라도.

을 조금이라도 설명해야 하는데 그러려면 되지도 않는 스페인어로 작문을 해야 하니…. 그마저도 힘들 정도로 번아웃이 온 상태였지요. 그래서 저는 또다시 도망쳤습니다. '나중에 스페인어를 능숙하게 하면 그때 답장을 보내드려야지' 하고 말이지요. 답장이 없어도 까를로스 수사님께서는 계속 메일을 보내셨습니다. 대여섯 번 정도를 더 보내신 것 같아요. 그리고 저는 그때마다 답장 없이 도망치고 말았지요.

1년쯤 후에야 소식을 듣습니다. 위암으로 병원에 입원하셨다는 이야기였죠. 그리고 곧 세상을 떠나셨습니다. 저는 답장을 아직 한 번도 하지 못했는데.

제가 유학하며 머물렀던 '산티아고 관구'에서는 형제가 세상을 떠나면 A4 용지 한 장 정도의 분량으로 고인의 약력을 쭉 써서 소속된 모든 형제에게 메일로 전송해 줍니다. 제 메일함에도 까를로스 수사님의 약력이 도착했지요. 요약하자면 이런 식이었습니다.

'19세에 수도회에 입회하여 20세에 수련을 받고 21세에 첫 서원을 했다. 그러고 나서 바로 히혼으로 발령받았다. 23세에 주방 소임을 받았으며, 그로부터 42년 동안 주방 소임을 다 했다.'

그걸 읽고 너무나 충격을 받아 많이 울었습니다. 그때까진 까를로스 수사님이 평생 동안 주방 소임을 하셨다는 걸 제대로 알지 못했기 때문이었죠. 그분의 생애가 저토록 간단한 문장들로 정리되고 나니 후회감이 파도처럼 밀려왔습니다. 내가 또 게으르게 미뤄서 저 위대한 분을 그냥 보냈구나. 스페인어가 아무리 힘들었어도 두어 줄이라도 보낼 수 있었는데 내가 잘못했구나. 지금도 그게 너무나 후회됩니다. 왜 그렇게 게을렀는지.

그러면서 수도 생활에 대해서, 그리고 저 자신에 대해서 돌아보는 겁니다. 순명의 목표는 예수님을 닮는 것. 분명히 까를로스 수사님은 제가 아는 사람들 중에서 가장 예수님을 많이 닮은 분 중 한 명이었지요. 그렇다면 가브리엘 신부는 어떤 자세로 어떻게 소임을 다해야 할까? 그런 생각을 놓지 않기 위해 수사님의 사진을 배경화면으로 해놓은 겁니다.

수사님께서 마련해 주시던 식사들에 비해 김치찌개 한 그릇이 조금은 빈약해 보일지도 모르겠지만, 그래도 언젠가는, 예수님은 아니더라도 까를로스 수사님 정도는 닮게 될 수 있을지도 모른다는 마음으로 매일 그 휴대폰 화면을 바라보는 것이지요. 그 봉숭아물 들인 듯한 주황색 손톱. 매일같이 맨손으로 한 음식의 양념이 잔뜩 배어 지워지지 않는 손톱의 색깔을 말이죠.

딱 한 통의 메일을 천국으로 보낼 수 있다면 얼마나 좋을까 싶네요. 그렇다면 아이처럼 개구쟁이같이 웃으실지도 모르는데요.

당신의
성격 유형은?

성격 유형 검사가 대단히 유행하고 있는 모양입니다. 자신을 알고 싶다는 사람들의 욕망은 태초부터 유구히 전해 내려온 본능이니까요. 열여섯 가지로 세상 모든 사람의 성격을 분류한다는 걸 딱히 맹신하진 않지만, 아마 어디선가 "신부님 근데 MBTI가 어떻게 되세요?"라는 질문을 한 번쯤은 받지 않을까 싶기도 합니다. 그러면 저는 뭐라고 대답해야 할지 잠시 상상도 해보는 것이고요.

열여섯 가지까진 아니어도 저 또한 김치찌개를 팔면서 사람들의 성격을 분류하는 나름의 기준을 가지게 되었습니다. 사석에서는 영화 〈좋은 놈, 나쁜 놈, 이상한 놈〉을 패러디해 '놈놈

놈'이라고 부르기도 하는데요. 정확히는 '돕는 놈, 걱정하는 놈, 비웃는 놈'입니다.

MBTI의 열여섯 유형은 각각에 해당하는 인구 비율이 서로 다르다고 하더군요. A 유형을 가진 사람은 흔하고 B 유형을 가진 사람은 매우 드문 식으로 말입니다. 저의 '놈놈놈' 성격 유형도 그런 편입니다. 아무래도 돕는 유형이 가장 많고, 걱정하는 유형이 그다음이고, 비웃는 유형은 상대적으로 적은 편이죠. 그러나 이상하게도 머릿속 기억에는 세 가지 유형이 동일한 분량을 차지하고 있습니다. 아직도 선명하게 남아 있는 세 가지 사람들. 아마 김치찌개 식당을 그만둘 때까지 결코 잊을 수가 없겠지요.

○

지금은 각계각층에서 도움의 손길을 주고 있지만 식당을 열기 전 준비 단계였을 때는 가톨릭계에서 오는 도움이 대부분이었습니다. 아무래도 제가 신부이다 보니 더 그랬겠지요.

그런데 그때 아주 큰 도움의 손길을 준 한 여성이 있습니다. 놀랍게도 가톨릭교도가 아니었죠. 심지어 무신론자였습니다. 그런 사람이, 일손 하나하나가 부족하던 초창기에 아주 큰 힘이 되어주었죠.

여기까지 이야기하면 사람들이 다들 궁금해합니다. "신부님이 어디서, 무얼 하시다가 그런 분을 만나게 되신 거죠? 아직 식당을 열기도 전이었는데…. 그리고 그분을 어떻게 설득할 수 있었던 건가요?"

하느님의 뜻이었다고 생각합니다. 확실하게 대답할 수 있는 질문은 그저 '어디서, 무얼 하다가 만나게 되었느냐?'라는 것뿐입니다. 그리고 그 질문에 대한 대답을 들은 사람들은 하나같이 조금씩 웃음을 짓더라고요. 그를 A라고 부를까요.

2017년 여름, 식당 자리를 정해놓고 슬슬 준비를 하기 시작할 때 저는 요리를 배워야겠다는 계획을 세웠습니다. 물론 주방장님을 따로 고용한 후 저는 서빙과 계산을 담당할 계획이었지만 '그래도 명색이 식당을 운영하는 사람인데 요리의 기본은 알아야 하지 않을까?' 하는 생각에서였지요. 이때만큼은 나태함을 내려놓고 이리저리 발품을 팔았습니다. 요리 학원도 알아보고 각종 단체에서 운영하는 클래스에도 관심을 기울였죠. 요일과 시간이 맞는 강좌를 한참 찾아다니다가 발견한 것이 성북구민여성회관에서 진행한 '손님접대요리' 강좌였습니다. 12주 동안 일주일에 한 번 출석하면 되니 본업에 지장을 줄 부담이 없었고, 강좌 한 회에 두 가지 요리를 배운다고 하니 세

달 동안 스물네 가지 요리를 할 수 있게 되는 셈이었습니다. 재료 같은 것은 모두 강사가 준비해 주는 시스템이었습니다. "이거다!" 싶어서, 칼도 잘 못 쓰는 초보였지만 곧바로 등록했죠.

짐작하고는 있었지만 정말로 수강생 중 남자가 저 혼자였습니다. 나머지는 모두 여성이었죠. 요리만 하고 돌아가면 되는 식이었다면 말을 섞을 일이 별로 없었을 테지만 그 수업은 12시, 딱 점심을 먹어야 하는 시각에 마치는 일정이었습니다. 그러고는 함께 둘러앉아 그날 만들었던 음식을 직접 먹으며 마무리하는 식이었습니다. 그 식사 역시 강좌의 일부분이었던 겁니다. 서로 마주 앉아 밥을 먹으니 당연히 대화가 오고갈 수밖에 없었죠.

강좌에서 가장 분위기를 주도하는 사람이 있었습니다. 바로 A입니다. 처음 봤을 때부터 제게 "아니! 이 아저씨 누구야?"라고 외치며 스스럼없이 다가왔죠. 당시 50대 초중반 정도 되어 보였으니 저보다 10살 정도 많았을 겁니다. 볼 때마다 "어이, 아저씨!"라고 농 섞인 인사를 건네곤 했죠. 지금에서야 고백하지만 저는 낯을 가리기도 하고, 게다가 저 혼자 남자였으니 그렇게 큰 소리로 허물없이 다가오는 게 조금은 당황스럽기도 했습니다. A님을 오해했던 거죠.

사실 강좌에 모인 사람들 모두 정말 궁금했을 겁니다. 저 아저씨는 누굴까? 뭐 하는 사람이기에 남들 다 직장 다니는 평일 오전에 여기 와서 요리를 배우는 걸까? 나이도 적지 않아 보이는데…. 물론 초반에는 누구도 대놓고 물어볼 용기를 내지 못했죠.

하지만 식사 자리의 마법은 대단합니다. 결국 궁중떡볶이나 잡채 같은 걸 나눠 먹으며 '취조'를 당해야 했죠. 그리고 취조를 처음 시작한 사람이 누구였을까요? 짐작대로 A님이었습니다.

"아저씨는 이걸 왜 배우세요?"

"식당을 하려고요."

"아, 장사하려고 하시는구나. 메뉴는 정했어요?"

"김치찌개를… 좀 해볼까 합니다."

"어디다 하시려고?"

"정릉시장에서요."

"아, 그래요? 근데 이게 처음이에요? 예전엔 무슨 일 하셨어요?"

"예, 사실은 제가 가톨릭 신부입니다만…."

겨우 첫인상을 가지고 사람을 속단하면 안 된다는 사실을 그때 다시금 상기하게 되었습니다. "아저씨!"라는 호칭을 들을 때마다 '우린 서로 그렇게 친밀한 것도 아닌데 왜 자꾸만 너무 허물없이…'라고 속으로 꿍얼댔던 제가 부끄러워질 정도로, A

2부 삶 뒤에는 늘 사람이 있다

님은 즉각적인 도움의 손길을 주었습니다. 도와주시는 이유도 '쿨'하게 한 줄로 정리하더군요. "아, 좋은 일 하시네" 이 한 문장으로 말입니다.

기금 마련용 일일 주점, 전쟁 같았던 오픈 준비, 그리고 모든 것이 서툴렀던 오픈 초기…. 신자도 아닌데, 봉사자 중 안면이 있는 사람도 저밖에 없는데 그저 '좋은 일 한다'는 이유만으로 선뜻 달려와 몇 개월을 자신의 일인 것처럼 매달려 헌신했죠. 그 자리에 있던 어느 누구와도 비교할 수 없을 정도로 열정적이었습니다. 제게 기분 좋은 충격을 준 거죠.

그는 의미심장한 조언을 해주기도 했습니다. 식당을 준비하던 무렵, 오픈하자마자 후원자 모집을 '공격적'으로 진행할 거라고 계획하고 있었죠. 그런데 A님이 제 말을 듣더니 딱 잘라 말하는 겁니다.

"신부님, 저는 안 그랬으면 좋겠어요."

저는 이유를 묻지 않고 그도 구구절절 이유를 설명하지 않았지만 알 수 있을 것 같았습니다. 청년들을 위한 식당을 만들었지만, 가톨릭 신자가 아닌 사람들에게는 마치 빌려준 돈 받듯 집요하게 후원금에 매달리는 모습으로 비칠 수 있지 않을까요, 하고 말하는 듯했습니다. 그 말을 듣고 보니 제 생각이 짧았다는 확신이 들더군요. 결국 후원자를 대규모로 모집하겠다는 계획을 완전히 접었습니다. 지금 돌이켜 보니 그때 선택이 옳았다는 확신이 듭니다.

사람의 성격은 속단할 수 없는 거죠. A님의 첫인상 때문에 내내 거리를 두었다면 그의 진짜 모습, '돕는 사람'으로서의 빛나는 얼굴을 보지 못했을 겁니다. 모든 관계에서도 마찬가지인 것 같습니다. 거짓은 빠르고 선명하며, 진심은 느리고 흐릿합니다. 거짓이 훑고 간 자리의 사람들은 눈이 멀어, 뒤늦게 도착한 진심을 보지 못하는 경우가 많죠.

그러니 제가 해야 할 것은 마음의 문을 더 활짝 열고, 더 인내하며, 진심이 느린 걸음으로 도착할 때까지 눈이 멀지 않도록 자신을 다잡는 길밖에는 없는 겁니다.

○

'걱정하는 유형'은 '돕는 유형'과 유사합니다. 상대방, 즉 저에 대한 걱정과 우려로 가득하다는 면에서죠. 그러나 제가 '걱정하는 유형'을 따로 분리해 놓은 것은 식당을 하지 않았더라면 마주치지 않았을 모습들이기 때문입니다.

신부로서의 일만 하고 있었다면 신자들에게 "아휴, 얼마나 고생이 많으세요…"라는 탄식을 듣지 않아도 되었을 겁니다.

'신부님'이라는 호칭에 이어 긍정적이고 좋은 말만 들으며 지낼 수 있었겠지요. 그러나 식당을 운영하면서부터는 부정적인 결과를 예견하기라도 하는 듯 걱정을 한 보따리 늘어놓는 사람을 많이 만나게 됩니다. 저에 대한 애정에서 나오는 말이지만 가끔은 야속할 때도 있습니다. "잘될 거예요"라는 말 한마디가 그렇게 어려울까, 하고 말입니다.

그래도 '걱정하는 유형'에 대해서는 확신이 있습니다. 제가 식당을 잘 꾸려나가는 모습을 보여준다면 그들은 '돕는 유형'으로 변신해 줄 거라는 확신 말이죠. 타고난 성격을 가지고 평생 살아가는 게 아닌 것처럼, 다양한 경험을 통해 충분히 다른 사람으로 거듭 태어날 수 있는 것처럼, 저라는 사람과 청년밥상 문간이라는 공간의 기운이 부정적인 생각을 긍정적인 에너지로 바꾸는 기폭제가 되기를 바라봅니다. 어쩌면 그 힘을 믿고 식당을 하는 것인지도 모릅니다.

○

앞의 두 유형과 달리 '비웃는 유형'은 저를 많이 힘들게 하죠. 저도 문간도 본의 아니게 매스컴을 많이 탔습니다. 그러면서 가끔은 악플을 받기도 합니다. "신부가 웬 식당? 복음이나 잘 전하지." 분명 기사에 식당의 취지가 낱낱이 적혀 있는데도 불구하고 그런 댓글이 달립니다. 기사를 읽지 않는 거죠. 그와 같은 댓글을 읽노라면 사람들의 생각은 참 가지각색이라는 걸 다시금 느낍니다.

그러나 저를 더 아프게 하는 건 그러한 댓글이 아니라, 선의를 가장하고 다가와 저희의 계획을 뭉개며 그 과정에서 자신의 자존심을 세우려고 하는 사람입니다.

예컨대 B님 같은 사람이죠.

추운 겨울날 50대 정도 되어 보이는 여자 손님이 찾아왔습니다. 이틀 전에도 식당에 찾아왔는데 제가 없어서 돌아갔다가 다시 방문했다더군요. 식사를 마칠 때쯤 저를 부르시기에, 서빙으로 몹시 바빴지만 맞은편에 앉았습니다. 저를 만나러 굳이 두 번을 걸음했다니 감사한 마음에서였죠.

그러나 그 후의 대화가 그 감사한 마음을 완전히 다 씻어버렸습니다.

"신부님, 제가 B라는 사람인데요. 제가 요식업 전문가예요. ○○호텔에서 매니저도 했고, 패밀리 레스토랑 내서 지점을 일곱 개나 총괄했습니다. 내가 완전 전문가라고. 이거 보세요. 나 이렇게 신문에 기사도 난 사람이에요."

지갑에서 주섬주섬 꺼낸 것은 자신이 나온 신문 기사를 오려놓은 조각이었습니다. 아아, 네. 제가 대답하자 대뜸 묻더군요.

"신부님 이거 왜 해요? 이 식당 왜 하냐고."

"…하느님이 시켜서 합니다."

"아아, 그래요? 하느님이? 하느님이 시킨 거예요?"

저도 나름대로 사회생활을 했던 사람인지라 비꼬는 말투를 알아듣지 못하지는 않습니다. 그래도 조금 상한 기분을 꾹 누르고 다시 말했죠.

"아니면 가톨릭 신부가 식당을 왜 하겠어요?"

"으음, 하느님이 시키신 거구나아. 하긴 요새 정릉 시장통이 요상해. 수녀가 카페를 내더니 이젠 신부가 식당을 낸다 하고. 여기 뭐가 있나?"

본론은 그때부터였습니다.

"아니 신부님, 근데 있지. 이 찌개가요, 매력이 하나도 없어."

"아, 그런가요?"

"아유, 매력이 없어. 아니, 이걸 먹겠다고 저 가파른 계단을 올라와? 절대 없어, 삼천 원이라는 가격 말고는 매력이 없어요."

"아, 그러면 저희가 노력을 더 해야겠네요."

"내가 전문간데. 도와드릴까요?"

"네?"

"제가 전문가니까 신부님 필요하시다 하면 도와드릴게요. 그래도 하느님이 시키신 일 하신다는데 어떻게 그냥 지나가요?"

"도움을 주시면 너무나 감사하죠. 그럼 어떻게 도와주실 거예요?"

그렇게 대답을 했더니, 놀랍게도 만족한다는 듯 일어나 계산을 하고는 그대로 나가는 겁니다.

당황스럽기가 이루 말할 데가 없었습니다. 이게 뭘까. 얼떨결에 뺨을 맞은 느낌이라고 해야 할까. 찌개의 조리법이라든지, 인테리어라든지, 하다못해 접객에 대해서라도 뭔가 충고를 해줄 줄 알았는데, 마치 상대를 케이오 시켜놓고는 의기양양하게 링을 내려가는 복서처럼 어깨에 힘을 잔뜩 주고 떠나버린 겁니다. 그제야 깨닫게 된 거죠. 그는 제게 뭔가를 가르치려고 했던 게 아니었습니다. 그냥 깔보고 싶었던 게 아닐까요. 아마 식당이 망하기를 마음속으로 내내 빌고 있었을지도 모릅니다. 다른 사람의 불행에서 행복을 느끼는 유형의 사람이었을지도 모릅니다.

다행히도 식당은 잘되었습니다. B님은 그 후로도 두어 번 더 식당을 찾았습니다. 그때마다 현관에 빼꼼 얼굴만 들이밀고는 손님이 얼마나 있나 스윽 훑더군요. 움직이지도 않고 거기서 내내 서 있는 겁니다. "자매님, 들어오세요" 하고 제가 맞아줄 때까지 말이죠. 그 말을 듣고 나서야 식당에 들어와 자리에 앉습니다. 그러면서 연신 의심스럽단 표정으로 분주한 식당 안을 둘러보곤 하더군요.

저는 '비웃는 유형'의 심리를 도저히 모르겠습니다. 아무리 좋은 취지의 일을 한다고 해도 팔짱 긴 채로 "어디 한번 해봐라, 그게 잘되나"라고 조롱하며 망하길 바라는 사람들이 세상에 이토록 넘쳐난다는 걸 식당을 하면서 더 실감합니다. 왜 그러는 걸까요? 가치관이나 사고방식이 애초에 부정적이었던 걸까요? 꼭 무언가를 깔봐야 하루가 행복해질까요? 이해는 할 수 없지만 제가 식당을 계속하는 한 끊임없이 부딪혀야 하는 유형의 성격이겠죠.

식당이 평생 잘되리라는 보장도 없습니다. 아마 언젠가는 그들의 조롱이 유효해지는 상황이 벌어질지도 모릅니다. 저도 사람인지라 그런 상황이 온다면 불쾌해질 겁니다. 그러지 않도록 노력해야겠죠.

○

이전까지의 삶이 성격을 만들기도 하지만 반대로 성격이 이후의 삶을 만들어내기도 합니다. 많은 사람이 '이후의 삶'을 마음속에 그리고 그것이 이루어지도록 자신의 성격을 조금씩 다

듣는 과정을 반복하다 보면 그 사람들이 이루는 사회도 달라지지 않을까요.

저는 오늘도 다양한 성격의 사람들에게 꾸준한 맛의 찌개를 서빙하면서 속으로 묻습니다. 당신은 어떤 유형의 사람인가요? 어떤 유형의 사람이 되고 싶은가요?

2부 삶 뒤에는 늘 사람이 있다

나와 타자를 존중할 수 있는 사람이 되어보는 것.

큰자기님
이야기

아마 이 글을 읽고 있는 상당수는 예능 프로그램 〈유퀴즈〉를 통해 저를 알게 되었겠지요. 이문수라는 개인의 삶, 가브리엘 신부라는 종교인으로서의 삶, 그리고 청년밥상 문간을 운영하는 식당지기로서의 삶을 모두 크게 변화시킨 계기가 된 그 이야기를 잠시 해볼까 합니다. 저로서도 너무나 느낀 게 많고 또 감사한, 감사할 것이 넘쳤던 일이기 때문이지요.

섭외 전화가 온 것은 3월 하순경이었습니다. 평소에 TV를 자주 볼 수 없기에 〈유퀴즈〉에 대해서는 '유재석 씨가 진행하는 프로그램' 정도로 알고 있었지요. 그러니 저를 섭외한다는 사실에 놀라기는 했지만 그 파급력이 어느 정도일지는 전혀 예상하지 못했고, 그저 'TV에 얼굴을 비친다'는 사실이 부담될 따름이었습니다. 그래서 그날은 전화기에 대고도 이렇게 말했지요. "죄송한데 제가 좀 더 생각을 해보고 연락을 드리겠습니다. 하루 정도만 있다가 말씀드리면 안 될까요?"

소식을 듣고 정작 난리가 난 것은 식당의 직원들이었죠. "신부님, 그 프로는 이거예요, 이거!" 말하며 엄지를 들어 보이더군요.

"진짜요? 그 정도예요?"

"신부님, 나가셔야죠! 완전 대박 기회인데. 대체 뭘 고민하세요?"

숫기 없는 제가 그 방송에 얼굴을 비치기로 결심한 것의 8할 정도는 직원들의 반응 덕일 것입니다. 2할 정도는 앞으로 문간이 나아갈 방향에 대해 논의했던, 직전의 수도원 워크숍 때문이었을 것이고요. 그 워크숍에서 수도원 신부들이 함께 고민했던 것은 '청년밥상 문간을 이렇게 정릉시장에 위치한 하나의 식당으로 끝낼 것이냐, 아니면 힘들겠지만 분점을 더 많이 내서 더 많은 청년이 멀리 걸음하지 않고도 밥 한 끼 먹을 수 있게 할 것이냐'였습니다. 즉 현행 유지와 가게 확장의 갈림길에 있던 것이었죠.

한참을 논의한 끝에 내린 결론은 '확장'이었습니다. 그렇게 워크숍을 마치고 서울로 돌아오고서 열흘 정도가 지나 섭외 전화가 온 것이었습니다.

저는 생각했습니다. '주님이 주신 기회일 수 있겠구나. 방송에는 그저 게스트 몇 명 중 하나로 짧게 나갈 테지만, 그래도 문간이 여러 분점을 내는 데 어느 정도는 도움이 되지 않을까? 적어도 한두 군데 낼 때까지는….'

'적어도 한두 군데'라니, 지금 생각하면 여간 낮춰본 것이 아니었습니다.

섭외에 응하는 전화를 다음 날 걸어서 나가겠다고 이야기하고 그렇게 전화를 끊고 나니 갑자기 마음에 부담감이 몰려오기 시작했지요. 혹시 내가 잘못 선택한 건 아닐까. 주님이 주신 기회인데 내가 부족해서 망치는 게 아닐까. 지금이라도 전화해서 물러야 하나. 역시나 우유부단하게 고민만 하다 보니 어느새 4월, 녹화 당일이 되었습니다.

○

녹화 장소인 역삼동의 스튜디오는 육십여 명이나 되는 스태프로 매우 분주했지요. 저를 보필하겠다는 핑계로(물론 주목적은 촬영 현장을 구경하고 두 MC를 보는 것이었습니다) 따라온 문간의 국장님과 매니저는 메이크업을 받는 저의 등 뒤에서 소리를 내어 웃으며 저를 놀렸습니다.

"그만 놀리세요, 그만…."

신부로 오래 살다 보니 외모를 가꾼다는 행위는 딴 세상의 이야기가 된 지 오래입니다. 심지어 옷을 사러 의류 매장에 들어가는 것도 쑥스럽고 창피하죠. 옷을 살 일도 거의 없지만, 가끔 어쩔 수 없이 의류 매장에 가면 앞도 못 보고 아무거나 손에 쥔 채 "이거 주세요"라고밖에 말하지 못합니다. 취향이랄 것도 없지요. 관심이 있고 경험이 있어야 자연스레 취향이란 게 생길 텐데 제게는 둘 다 전무하니 말입니다.

그런 사람이 얼굴에 화장품을 바르고 있으니, 방송에 나간다는 긴장감보다 오히려 메이크업을 받는다는 어색함이 주는 압박감이 더 심하더군요. 저는 긴장하면 땀을 비 오듯 흘리는데, 메이크업을 해주던 스태프가 "신부님, 왜 이렇게 땀을 많이 흘리세요. 긴장하지 마세요"라며 연신 화장지로 땀을 닦아주었습니다. 그러면 저는 누군가가 제 땀을 닦아주고 있단 사실이 어색해서 더 삐질삐질 땀을 흘렸고요. 그 와중에 국장님은 이런 질문도 하셨습니다.

"신부님, 만약 퀴즈 맞혀서 백만 원 받으면 어디 쓴다고 말씀하실 건가요?"

머리가 하얘서 아무 생각도 나지 않더군요.

"신부님, 청년들에게 식사 나눔 한다고 하세요."

"예에."

"만약 선물 뽑으라고 하면요 신부님, 뭐 나오면 좋으시겠어요?"

"……."

"신부님, 김치냉장고가 필요하다고 하세요."

"예에…."

결과적으로 역시 우리의 '로켓 맨' 국장님은 혜안이 있는 사람이지요. 메이크업을 받고 촬영 장소에 들어서는 순간 저를 압도한 것은 유재석 씨의 목소리였습니다.

방송을 통해 볼 때와는 차원이 다른 음량의 말소리였습니다. 온 스튜디오가 아래층까지 쩌렁쩌렁 울릴 정도로 큰 목소리. 무대 위에서 대사를 하는 연극배우의 발성 같았습니다. 방송에서는 편안하게 일상적인 대화를 하는 듯 보이는데 현장에서는 전혀 다른 느낌이지요. 카리스마가 엄청납니다. 좌중을 완전히 압도하고 현장을 장악하죠. 저뿐만 아니라 현장을 구경하던 국장님과 매니저 역시도 녹화가 끝나고 나서 가장 먼저 한 것이 바로 그 목소리에 대한 이야기였습니다.

들어가 앉아 자기소개를 할 때부터 머릿속에는 아무것도 남지 않았습니다. 사실 녹화 들어가기 전에는 별의별 생각을 다 하며 시뮬레이션을 돌리곤 했었죠. '내가 섣불리 오버하고 웃기려 들지 말자. 대신 예능 프로인 걸 기억해 달라고 작가님이 콕 집어 말했으니 너무 진지하려 해서도 안 돼. 무거워지지 말고, 신파로 가지 말고, 담백하고 담담하게 이야기하자.' 나름대로 그렇게 마음을 단단히 먹었는데 기억이 하나도 나지 않더군요.

방송을 보면 알겠지만 제가 내내 앞을 보고 있지 못합니다. 편집을 잘 해주어 어색하게 느껴지진 않지만, 내내 바닥을 보고 있죠. 카메라 열 대 가까이에 스태프 서른 명이 코앞에 있으니 도저히 고개를 들 수가 없었기 때문입니다. 머릿속에서는 작가님이 당부한 한 가지가 메아리쳤습니다.

"신부님, 남자 출연자분들께 모두 드리는 말씀인데요, 너무 '쩍벌'로 앉으시면 보기 안 좋으니까 조금만 신경 써주세요."

"신부님, 한쪽에 너무 시선을 쏟지 마시고 MC 두 분을 번갈아 보시면서 말씀해 주세요."

그 말을 기억하면서 다리를 얌전히 하고 손을 가지런히 그 위에 올려놓고는 유재석 씨와 '세바스찬'(알고 보니 천주교 신자라는 조세호 씨의 세례명입니다) 조세호 씨를 열심히 번갈아 바라보았습니다.

나중에 다른 사람들이 전해준 이야기에 따르면 바로 그 다소곳한 자세와 시선을 많은 사람이 좋게 봐주었더군요. 여기서 그 비밀이 밝혀지네요. 그 자세의 창조자는 작가님인 것이지요. 작가님이 그렇게 미리 말해주지 않았다면 저는 어떤 자세로 앉아 있는지 자각도 못 한 채로 얼레벌레 녹화를 마쳤을지 모릅니다.

정신 한번 제대로 차리지 못한 채로 녹화의 막바지에 이르렀습니다. 퀴즈의 답을 말하고 백만 원을 받게 되자 대뜸 질문이 들어왔지요. 이 상금으로 무얼 하실 거냐고요.

역시, 국장님!

저는 국장님이 연습시키신 대로 대답했습니다. 그러자 카메라 옆에 있던 메인 작가님이 말했죠. "저희 지난주에 선물 남지 않았어요? 신부님, 선물도 하나 뽑으세요."

그렇게 선물을 뽑았고, 방송에서 본 것처럼 냉장고가 나왔지요. 지금 돌이켜 봐도 믿기지 않는 일이었습니다. 그날 저녁 당장 배달된 냉장고를 보면서 저는 경험에서 우러나오는 국장님의 디테일을 확인했습니다.

○

4월 21일 저녁에 본방송이 나갔지요. 도저히 방송을 볼 용기가 나지 않아서 방에 틀어박혀 있었는데, 수도회 신부님들이 방송을 함께 보자며 제안했습니다. 치킨도 시켜놓았다는데 별수 있나요. 형제들과 함께 시청하니 쑥스러움을 견딜 수 있었습니다.

그렇게 마음을 다스렸지만 TV에 나온 제 얼굴을 보고 입에 침이 마르며 민망함에 온몸이 새빨개지는 것은 어쩔 수가 없더군요. TV에 나오는 일을 직업으로 삼는 연예인들은 정말 대단한 겁니다. 녹화날 만났던 유재석 씨도, 조세호 씨도 말입니다.

놀라운 일은 그다음 날, 4월 22일 목요일부터 일어났습니다.

"신부님, 방송 나가고 나면 아마 진짜 바빠질 거예요. 미리 마음의 준비 하세요."

방영되기 전 사람들이 그렇게 말하곤 했지만 저는 그 조언을 농반진반으로 흘려들었습니다. 아마 제 성향 때문이기도 하겠지요. 저는 어떤 방송이나 책 등의 매체를 보고 큰 감동을 받았다고 해서 당사자를 찾아가거나, 연락처를 알아내어 이야기를 나누려고 하거나, 하겠다는 생각을 해본 적이 거의 없는 사람이니까요. 기억해 두었다가 나중에 기회가 된다면 찾을 수 있겠지만 말입니다. 그래서 또 편협하게 제 성향만 기준으로 삼는 바람에 방송의 파급력을 얕잡아 보고 만 겁니다.

일단 목요일 아침부터 사무국 전화통이 후원 문의로 불이 났습니다. 가게에는 손님들이 줄을 섰지요. 여쭤보니 서울에 사는 손님들도 아니었습니다. 인근 역시 아니었지요. 대전, 목포, 해남, 순천, 부산. 방송이 수요일 밤 10시 30분에 끝났는데 어떻게 목요일 오전에, 서울의 중심지도 아닌 정릉시장까지 와서 줄을 설 수 있는 걸까요? 잠만 얕게 잔 후 새벽같이 출발해야만 도착할 수 있었을 텐데 말입니다.

"너무 감동받아서요"라고 손님들은 말했습니다. 그리고 그들이 줄을 선 계단의 옆쪽으로는 후원자들이 보내준 쌀 포대와 라면 사리가 발 디딜 틈 없이 쌓여가고 있었죠.

저는 그날까지 특별히 다른 사람들에게 감동을 줄 만한 삶을 살고 있다고 절대로 생각지 않았습니다(지금도 그 생각에는 변함이 없습니다). 그저 평범한 한 사람, 한 명의 수도자일 뿐이고 신부로서 주어진 일을 하면서 하루하루 살아갈 뿐이죠. 게다가 저보다 더 훌륭한 신부님과 수녀님도 정말 많이 있는데 그저 매체의 조명을 받았다는 이유만으로 이런 일들이 벌어지다니… 어안이 벙벙했죠. 그러면서 서툴던 저를 정성스레 편집하고 가꿔 내보내 준 제작진에게 감사할 따름이었습니다.

저는 아직도 이 일의 9할 이상이 〈유퀴즈〉 제작진의 덕이라고 생각합니다.

어떻게 하루가 갔는지 모르겠습니다. 이튿날인 금요일도 마찬가지였지요. 수없이 많은 손님, 후원 문의 전화, 그리고 후원 물품을 연신 가져오는 택배 기사님들. 저를 포함한 모든 직원이 아무도 정신을 차리지 못한 채 거센 폭풍에 간신히 서로를 지탱하고 서 있는 사람들처럼 일을 했습니다.

그리고 역시나 가장 먼저 정신을 차린 사람은 국장님이었죠. 금요일 브레이크 타임, 모두 파김치가 되어 뻗어 있는데 국장님이 말하더군요.

"신부님, 저 통장 정리 좀 하고 올게요."

그러고는 다녀와서 말하는 겁니다.

"신부님⋯ 이것 좀 보셔야겠는데요."

국장님이 눈앞에 내민 것은 저희가 가장 바쁘고 정신없고 놀라움에 어찌할 바를 모른 채 일만 죽어라 했던 그 목요일 오전, 유재석 씨가 아무런 언질도 없이 5천만 원의 후원금을 입금한 통장 내역이었습니다. 저희는 그걸 금요일 오후가 되어서야 발견한 것이죠.

"어떻게 이렇게 큰 돈을 주시죠? 아무리 유재석 씨라도 그렇지, 어떻게 이토록 큰 돈을⋯."

주방 실장님은 눈가가 촉촉해지기까지 했습니다.

사실 후원금의 액수는 전혀 중요하지 않습니다. "판에 박은 말"이라고 말하는 사람이 있을지도 모르지만 정말입니다. 아마 저희처럼 얼굴도 모르는 사람들이 주는 후원금에 기대어 일하는 사람들은 모두 동의할 겁니다.

그럼에도 유재석 씨의 기부가 제게 기쁨으로 다가왔던 가장 큰 이유는 바로, 가게에서 월급을 받으며 일하는 젊은 청년 직원들에게 이 일이 너무나 거대한 행복의 계기가 되었다는 것입니다. "아, 내가 일하는 곳이 이런 곳이구나. 국민 MC라는 유재석이 이렇게 큰 돈을 기부해 주는 곳이 굴러가는 데 내가 보탬이 되고 있구나"라는 확신을 심어준 것이죠.

사실 어떤 취지로 운영되는 곳이든 식당에서 하는 일은 똑같습니다. 요리, 서빙, 설거지와 청소. 그러니 투철한 봉사 정신을 가지고 왔던 사람들이 의외로 쉽게 지칩니다. 몸은 고단한데 '좋은 일을 하고 있다'는 인상이 잘 들지 않기 때문입니다. 예를 들어 노숙인 무료 급식소에서 봉사하면 자신의 눈으로 봉사의 현장감을 바로 확인할 수 있지요. 그러나 문간은 가게의 모습도, 손님의 행색도 지극히 평범한 일반 음식점일 뿐입니다. 특히 청년들은 힘든 경제적 상황을 잘 드러내고 싶어 하지 않기 때문에 더욱 평범하지요. 실제로 그런 점 때문에, 방송을 보고 극적인 감동에 휩싸여 왔다가 실망하는 사람도 가끔 있고요.

직원들도 분명 자주 그런 마음의 고민을, 제게 말하지 않았을 뿐이지 겪고 있었을 거라고 생각합니다. 그런데 유재석 씨의 기부로 젊은 직원들의 사기가 크게 치솟았습니다. '내가 하는 이 일이 사회적으로 의미 있고 가치 있는 일이구나. 반드시 눈으로 결과가 바로 보이지 않아도 결국에는 이렇게 인정받을 수 있구나!'라고 생각하니 다들 눈이 반짝반짝해졌지요.

제가 유재석 씨에게 가장 감사한 부분이 바로 그 지점입니다. 저희 일하는 청년들에게 자부심과 자긍심을 준 거죠. 지치지 않을 에너지를 불어넣어 주었습니다.

○

이문수라는 사람과 청년밥상 문간이라는 가게의 나아갈 길에 크나큰 힘이 되어준 〈유퀴즈〉 출연 후 수개월이 흘렀습니다. 워낙 빠르게 움직이고 변하는 세상입니다. 망각되는 것도 그만큼이나 쉽지요.

문간에 대해서도 많은 사람이 까맣게 잊을 겁니다. 그러나 이곳에서 일하는 저희에게는 절대로 잊히지 않습니다. 사회에 보탬이 되는 일을 하고 있다는 확신은 낡지 않을 것입니다. 다른 식당들처럼 끓이고 맛보고 서빙하고 치우지만, 마음 한구석에는 이전까지 미약했던 자부심의 불꽃이 꽤 밝게 타고 있을 터입니다.

정말로, 너무나 감사한 일이지요.

인생의 기쁨은 늘 다정한 사람들 덕분이다.

내 작은 몸짓이
조금이나마 위로가 되기를

지금의 '청년밥상 문간'은 사람들의 마음이 모여 이루어진 곳입니다. 대한민국의 청년들을 아끼고 위로하고 격려하고자 하는 많은 사람의 마음입니다. 문간이 문을 연 이래 쌀이 끊이지 않았습니다. 어쩌다 방송과 매체를 통해 많이 알려지게 되어 과분한 칭찬을 받고 있지만 사실 그 모든 예찬은 바로 당신들의 것입니다.

작고 소박지만 청년밥상 문간이라는 식당은 대한민국 청년들을 향한 응원이라고 생각합니다. 서울의 한구석에 자리한 식당이 청년들의 끼니를 모두 해결해 줄 수는 없겠지만 작은 몸짓이 작은 위로라도 되기를 바랍니다.

시작할 때는 그저 식당 하나만이라도 잘 운영해 보자는 마음이었습니다. 경험도 지식도 없는 저였기에 시작한 일을 잘 이어갈 수만 있어도 다행한 일이었으니까요. 어느덧 식당을 연지도 4년이나 되었습니다. 제가 몸담은 수도회의 신부님들도 청년에게 더 다가가야 한다는 생각으로 바꾸었습니다. 그래서 여건이 된다면 다른 곳에도 식당을 열기로 뜻을 모았습니다.

마침 올해 초에 장소를 무상으로 제공해 주겠다는 사람이 나타났습니다. 덕분에 문간의 이화여대 2호점도 열게 되었습니다. 2호점이 마중물 되어 더 많은 곳에 '문간'이 생겨나기를 희망해 봅니다.

올해 전혀 예상하지 못했던 많은 일을 겪고 새로운 모험을 했듯이 앞으로도 그러리라는 예감이 강하게 듭니다. 항구에 정박해 있던 배가 이제 준비를 마치고 바다로 나가려 합니다. 일일이 열거할 수 없을 정도로 여러 사람이 떠오릅니다. 그분들에게 고맙고 또 고맙습니다. 그리고 이 글을 읽는 당신도 모험을 멈추지 말기를 바랍니다.

¡Buen camino!
좋은 여행이 되길!

누구도
벼랑 끝에
서지
않도록

초판 1쇄 발행 2021년 11월 10일
초판 4쇄 발행 2021년 12월 5일

지은이 이문수
펴낸이 권미경
기획편집 김효단
마케팅 심지훈, 강소연, 김재영
디자인 어나더페이퍼
사진 김화경
펴낸곳 ㈜웨일북
출판등록 2015년 10월 12일 제2015-000316호
주소 서울시 서초구 강남대로95길 9-10, 웨일빌딩 201호
전화 02-322-7187 **팩스** 02-337-8187
메일 sea@whalebook.co.kr **인스타그램** instagram.com/whalebooks

ⓒ 이문수, 2021
ISBN 979-11-90313-50-6 03810

소중한 원고를 보내주세요.
좋은 저자에게서 좋은 책이 나온다는 믿음으로, 항상 진심을 다해 구하겠습니다.